KB078415

ㄱ번째 환생 ㅁ

묘재 장편소설

초판 1쇄 찍은 날 § 2019년 2월 8일
초판 1쇄 펴낸 날 § 2019년 2월 15일

지은이 § 묘재
펴낸이 § 서경석

총괄팀장 § 최하나
편집책임 § 김경민
편집 § 신나라
디자인 § 고성희, 신현아

펴낸곳 § 도서출판 청어람
등록번호 § 제387-1999-000006호
등록일자 § 1999. 5. 31
어람번호 § 제1-3000호

주소 § 경기도 부천시 부일로 483번길 40 서경B/D 3F (우) 14640
전화 § 032-656-4452 팩스 § 032-656-4453
http://www.chungeoram.com
E-mail § chungeorambook@daum.net

© 묘재, 2018

ISBN 979-11-04-91933-6 04810
ISBN 979-11-04-91777-6 (세트)

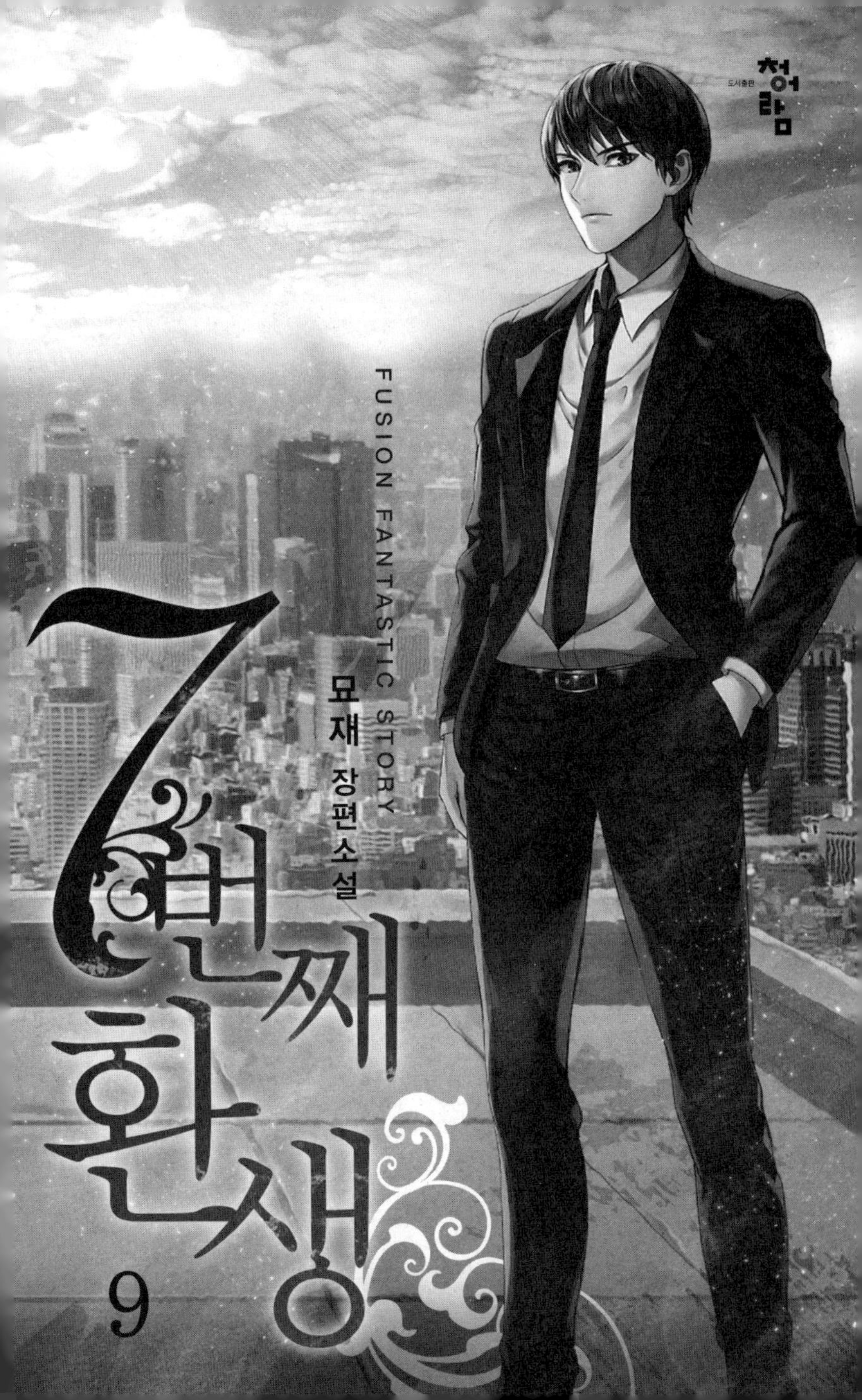
도서출판 청어람
FUSION FANTASTIC STORY
묘재 장편소설
7번째 환생
9

Contents

1장
악마의 거래

　최치우의 개인 자산은 이제 헤아리는 게 무의미할 정도로 늘어났다.

　올림푸스와 퓨처 모터스의 합산 시가총액은 100조 원을 노리고 있다.

　파죽지세로 90조 원을 뛰어넘었지만, 라이프치히 테러 사건으로 잠시 주춤거리는 중이다.

　그러나 메르켈과 독일 정부의 사고 수습이 훌륭했고, 소울스톤 발전소도 공사를 재개하기로 발표했기 때문에 100조 원 돌파는 시간문제였다.

　당장 최치우가 보유한 지분을 돈으로 환산하면 30조가 넘는다.

그는 이미 전 세계에서 손꼽히는 거부가 됐다.

특히 대한민국 제일의 주식 부자다.

회사의 가치는 오성그룹에 이어 2위지만, 개인 자산은 최치우가 월등하다.

오성그룹의 후계자인 이지용 부회장의 지분은 얼마 되지 않는다.

적은 지분으로 그룹의 지배권을 행사하는 게 우리나라 재벌들의 특성이다.

그에 반해 최치우는 자기 명의의 지분을 중시했다.

그만큼 세금을 많이 내야 하지만, 떳떳하게 소유권을 지닌 자산 규모는 이지용 부회장을 압도하고 남았다.

그렇기에 돈이 얼마가 든다는 것은 최치우에게 아무런 문제가 아니었다.

최치우는 프랑스 파리의 사설 경호 업체를 하루 만에 인수했다.

당연히 경호가 필요해서는 아니다.

비밀 지부의 보스인 압둘라 아흐만을 안전하게 잡아놓기 위해서였다.

압둘라를 인터폴에 넘기면 영영 최치우의 손을 떠나게 된다.

결정적인 순간 압둘라 아흐만의 증언이 다시 필요해질지 모른다.

그래서 최치우는 파리 외곽에 안전 가옥을 사고, 급히 인수한 경호 업체를 이용해 압둘라 아흐만을 지키게 했다.

그야말로 번갯불에 콩 구워 먹듯 모든 일이 착착 진행됐다.

최치우가 파리에 도착해 I.S 비밀 지부를 소탕하고, 압둘라 아흐만의 자백을 받아내기까지 일주일도 걸리지 않았다.

MI6의 정보력, 최치우의 자금력과 실행력, 그리고 상상을 초월하는 전투력 덕분에 가능한 일이었다.

일주일도 안 되는 짧은 시간을 파리에서 보낸 최치우는 다시 독일로 움직였다.

그가 파리에 머무는 동안 메르켈 총리는 베를린으로 복귀했다.

대외적으로 테러범 신원과 원인이 밝혀졌고, 사고 수습도 무난하게 이뤄졌기 때문이다.

최치우도 라이프치히가 아닌 베를린으로 향했다.

그는 곧장 메르켈 총리를 만나지 않았다.

원한다면 언제든 약속 없이 찾아가도 메르켈을 만날 수 있다.

외국 정상들도 사전 약속이 없으면 메르켈을 만나는 게 불가능하다.

하지만 최치우는 예외였다.

그럼에도 불구하고 베를린에 도착한 최치우는 총리 관저를 찾지 않았다.

만약 교통부 장관 보좌관인 마르코 슈테겐이 테러 자금을 지원했다고 알리면 어떻게 될까.

뻔하다.

독일 정부는 진상 조사단을 만들고, 적법한 절차에 따라 마르코 슈테겐을 취조할 것이다.

그러는 사이 크리스마스는 물론, 얼마 안 남은 올해 12월이 지나갈 게 확실하다.

마르코 슈테겐이 진실을 말한다는 보장도 없다.

어영부영 시간만 잡아먹고 지나갈 공산이 크다.

그렇기에 최치우는 직접 해결을 하기로 마음먹었다.

파리의 I.S 비밀 지부도 절차를 따랐다면 소탕이 절대 불가능했을 것이다.

법이 만능은 아니다.

때로는 수면 아래에서 과격하고 빠르게 해결해야 할 일도 있다.

철컥―

업무를 마친 마르코가 자동차 문을 열었다.

지하 주차장 구석에 세워진 검은색 벤츠 E클래스가 마르코를 기다리고 있었다.

"후우우……."

마르코는 운전석에 앉아 한숨을 길게 내쉬었다.

하루의 피로를 몰아내는 것일까.

교통부 장관 보좌관은 꽤 높은 고위 공무원이다.

대신 처리해야 할 일도 엄청나게 많다.

장관에게 올라온 모든 자료를 일일이 검토하고, 조언을 하는 것도 마르코의 몫이었다.

일이 힘들기 때문인지, 아니면 다른 고민이 있는지 마르코는 몇 번 더 한숨을 토해냈다.

이윽고 마르코가 시동을 걸려는 찰나, 뒤에서 인기척이 느껴졌다.

스윽—

차가운 금속이 마르코의 목덜미에 닿았다.

순간 마르코 슈테겐은 온몸이 얼어붙는 걸 느꼈다.

인간은 누구나 죽음의 위기를 본능적으로 감지할 수 있다.

제아무리 똑똑한 사람이라도 죽음 앞에서는 위축되게 마련이다.

마르코는 목에 와 닿은 서늘한 감각을 부정하고 싶었지만, 이것은 꿈이 아닌 현실이었다.

"마르코 슈테겐, 한숨을 쉬는 걸 보니 걱정이 있나 보군."

"누, 누구……?"

"동작 그만. 고개를 돌리거나 이상한 행동을 하면 바로 죽인다. 농담 같다면 시험해 봐도 좋다."

마르코는 입이 바싹 마르는 기분이었다.

자동차 뒷좌석에 누군가 먼저 타고 있었다는 것은 보통 일이 아니다.

철저하게 계획하고 자신을 노렸다는 뜻이다.

어설픈 좀도둑이나 강도 따위는 아닌 게 분명했다.

"원하는 게 뭡니까?"

마르코는 독일 억양이 묻어나는 영어를 구사하며 가까스로 질문을 했다.

온몸에 힘이 풀렸지만 최대한 용기를 짜낸 것이다.

마르코의 자동차에서 기회를 잡은 남자, 최치우는 미스릴 단검을 더욱 밀착시키며 입을 열었다.

"진실."

"네?"

"내가 원하는 것은 진실이다."

알 듯 모를 듯 아리송한 말이었다.

마르코는 식은땀을 흘리며 눈알을 굴렸다.

어떻게든 빠져나가야 하는데 방법이 마땅치 않았다.

그 순간, 등 뒤에서 거대한 어둠이 마르코를 덮치는 것 같았다.

후우우욱―

최치우가 내공을 개방하며 위압적인 기파를 뿜어냈다.

사람을 많이 죽인 국제적 테러리스트 압둘라 아흐만도 버티지 못한 기운이다.

매일 책상 앞에서 시간을 보내는 교통부 장관 보좌관이 최치우의 패도적인 기운을 견딜 수 있을 리 없었다.

"흐, 흐읍……."

마르코가 가위에 눌린 것처럼 숨을 급히 집어삼켰다.

최치우는 그의 귓가에 대고 조용히 속삭였다.

"시동을 걸고, 내가 말하는 장소로 이동해. 경로를 벗어나면 죽음뿐. 실수는 용납하지 않는다."

괜한 협박이 아니라는 걸 체감한 마르코가 고개를 끄덕였다.

최치우는 마르코의 목에 미스릴 단검을 바짝 붙인 채 목적지를 알려줬다.

벗어날 수 없는 함정에 빠진 마르코는 순순히 운전을 할 수밖에 없었다.

'하나씩 엮이고 있어.'

최치우는 프랑스 파리에서 얻은 단서로 베를린의 대어를 낚았다.

마르코를 요리하면 대체 누가, 왜 테러 자금을 지원했는지 답이 나올 것이다.

이미 어느 정도 답을 예상하고 있는 최치우의 눈동자가 날카롭게 빛났다.

라이프치히 테러에서 시작된 퍼즐이 맞춰지고 있었다.

＊　　　　　＊　　　　　＊

똑똑—

"총리님, 올림푸스의 최 대표님 오셨습니다."

베를린 총리 관저의 비서는 외교관 이상의 대우를 받는다.

각 잡힌 정장과 자세, 그리고 완벽한 영어 악센트는 그녀가 엄청난 엘리트임을 보여줬다.

"들어오세요."

방문 너머에서 메르켈의 목소리가 들렸다.

최치우를 안내해 준 총리실 비서는 문을 열어주고 고개를 숙였다.

빼어난 미모를 지닌 재원이지만, 최치우는 그녀에게 눈길 한 번 주지 않았다.

평소였다면 눈인사라도 주고받았을지 모른다.

하지만 지금은 심각한 상황이다.

최치우의 머릿속은 다른 문제로 가득 차 있었다.

"대표님, 묻고 싶은 게 많습니다."

메르켈은 최치우를 보자마자 의미심장한 말을 했다.

그녀는 프랑스 정부의 공식 발표를 믿지 않았다.

I.S의 비밀 지부를 소탕한 주역이 프랑스 정부일 리 없다.

메르켈을 통해 MI6의 정보를 받은 최치우가 벌인 일이 분명하다.

그러나 최치우는 일일이 설명해 줄 생각이 없었다.

오히려 설명은 최치우가 메르켈에게 들어야 한다.

"파리에서는 대체 어떻게……."

"그보다 먼저 드릴 말씀이 있습니다, 총리님."

최치우가 메르켈의 말을 끊었다.

그의 표정이 심상치 않기 때문일까.

메르켈은 질문을 멈추고 가만히 앉아 있었다.

최치우는 갑자기 사라졌다가 I.S 비밀 지부를 박살 내고 돌아왔다.

그가 빈손으로 총리실에 찾아왔을 것 같진 않았다.

"마르코 슈테겐. 누구인지 아십니까?"

"음……."

메르켈이 인상을 찌푸렸다.

총리라고 해서 모든 고위 공무원을 기억할 수는 없다.

우리나라 대통령도 장관 보좌관의 이름을 일일이 알지 못할 것이다.

최치우는 메르켈에게 정답을 알려줬다.

"교통부 장관 보좌관입니다."

"아, 기억이 납니다. 매우 유능한 인재라고 교통부 장관이 여러 번 칭찬했었습니다."

"총리님을 믿고 솔직하게 말씀드리겠습니다. 마르코 슈테겐이 I.S의 비밀 지부에 자금을 지원했습니다."

"그게 무슨 말입니까?"

메르켈이 눈을 크게 떴다.

도저히 포커페이스를 유지할 수 없게 만드는 말을 들었기 때문이다.

그러나 최치우는 더더욱 충격적인 발언을 계속했다.

"마르코 슈테겐의 자백, 차명 계좌에서 테러 자금을 지원한 내역을 확보했습니다. 그리고 프랑스에서 I.S의 비밀 지부를 이끌었던 압둘라 아흐만의 진술도 일치합니다."

"설마… 현장에서 발견되지 않은 I.S 비밀 지부의 지도자를?"

"네, 제가 잡아두고 있습니다. 마르코 슈테겐의 신병도 제 손에 들어왔습니다."

최치우는 당당하게 말했다.

불법적으로 독일 고위 공무원을 납치한 셈이다.

그렇지만 거리낄 게 하나도 없었다.

마르코의 자백을 받아냈고, 구체적인 증거까지 확보했기 때문이다.

"마르코 슈테겐은 네오메이슨입니다. 라이프치히 테러는 네오메이슨이 I.S를 이용해 일으킨 사건입니다."

최치우의 폭탄 발언이 이어졌다.

철의 여인 메르켈도 넋이 나갈 수밖에 없었다.

그녀는 네오메이슨의 존재를 누구보다 잘 알고 있다.

자신의 조카를 잃었을 정도이니 네오메이슨을 증오하는 마음도 최치우 못지않다.

하지만 독일 정부에, 그것도 장관 보좌관이라는 고위직에 네오메이슨이 침투해 있을 줄은 몰랐다.

"여기 있습니다."

최치우는 메르켈의 탁자 위로 USB 하나를 건넸다.

메르켈은 흔들리는 시선으로 최치우를 쳐다봤다.

설명을 요구하는 눈빛이었다.

"마르코 슈테겐이 직접 작성한 리스트입니다. 네오메이슨 소속의 독일 공무원, 그리고 기업인들입니다."

"이것은… 이게 정말 사실이라면 어떻게 하는 게 좋겠습니까?"

메르켈이 최치우에게 답을 구했다.

유럽을 하나로 묶으며 지도력을 발휘해 온 메르켈에게도 풀기 어려운 문제였다.

그러나 최치우는 명쾌하게 대답했다.

"공식적으로 드러내기 어려운 문제라면, 법과 절차에 얽매이는 건 미련한 일입니다."

"다른 방법이 있습니까?"

"공무원들은 직위 해제, 기업인들은 강도 높은 세무조사와 검찰 수사로 구속. 명분과 이유는 만들기 나름입니다."

"그렇게 막무가내로 공권력을 휘두르면……."

"가만히 놔두면 저들은 암으로 자라날 겁니다. 독일과 유럽 전체를 죽이는 암 덩어리. 라이프치히의 비극이 또 일어난다면, 그때도 법과 절차를 따질 겁니까?"

최치우의 말투는 사뭇 공격적이었다.

메르켈이 결단을 내리지 않으면 일이 복잡해진다.

반면 메르켈만 독한 마음을 먹으면 독일에서 네오메이슨 조직 상당수를 도려낼 수 있다.

네오메이슨과의 싸움이 시작된 후 가장 결정적인 타격을 입히게 되는 것이다.

"성공, 출세, 인종, 신념, 그 이유가 무엇이든 리스트 속 사람들은 네오메이슨이라는 악마와 거래를 했습니다. 그 악마를 물리치려면 우리도 지옥에 들어가야 합니다."

최치우의 말이 메르켈에게 깊은 울림을 선사했다.

사실 그는 무림에서 소림사 무승(武僧)들이 하던 말을 약간 변형시켰을 뿐이다.

소림사의 고수들은 '내가 지옥에 가지 않으면 누가 가리오'라고 외치며 무림 공적을 때려잡았다.

선한 마음과 방법만으로는 세상을 바꿀 수 없다.

소림사의 무승들이 불가의 가르침을 뒤로하고 살생을 범한 것처럼, 메르켈 총리도 독일을 좀먹는 종양을 과감하게 잘라내야 한다.

최치우가 전부 다 차려준 밥상이다.

이것마저 받지 않으면 다음 기회는 절대 찾아오지 않을 것이다.

스윽─

메르켈이 USB를 집어 들었다.

혼란을 지운 그녀의 표정이 다시 강단 있는 철의 여인답게 변했다.

"강한 독일, 하나 된 독일을 위해 수단과 방법을 가리지 않겠습니다."

최치우는 고개를 끄덕이며 옅은 미소를 지었다.

비로소 모든 게 원점으로, 아니, 그 이상으로 돌아온 것 같았다.

*   *   *

칼을 빼 들기로 작심한 메르켈은 단호했다.

그녀는 10년 넘게 독일 국민들의 절대적 지지를 받는 정치인이다.

마음만 먹으면 얼마든지 절대 권력에 가까운 권위를 행사할 수 있다.

철의 여인 메르켈 총리가 인정사정 보지 않고 징벌의 채찍을 휘두르자 그야말로 난리가 났다.

원리 원칙을 중시하는 독일의 공무원들도 벌벌 떨었다.

교통부 장관 보좌관 마르코 슈테겐이 정부 자금 횡령 및 국가 기밀 유출로 긴급 재판에 회부됐고, 징역 25년을 구형받았다.

젊은 나이에 승승장구하던 마르코 슈테겐의 몰락은 서막에 불과했다.

각 부처에서 난다 긴다 출세 가도를 달리던 에이스 공무원들이 줄줄이 체포됐다.

죄목은 다양했지만 하나같이 중형을 선고받을 수밖에 없을 정도로 무거웠다.

정부 자금 횡령, 뇌물 수수, 국가 기밀 유출, 해외 자산 은닉 등 공무원으로 저지를 수 있는 최악의 범죄가 줄줄이 나왔다.

메르켈의 분노는 정부 안에서만 머물지 않았다.

독일의 주요 기업, 특히 금융권 관계자들이 줄줄이 철창 신세를 지게 됐다.

그들은 구속된 공무원들에게 뇌물을 주고 국가 기밀을 빼돌리거나 이익을 본 죄, 또는 거액의 세금을 탈루한 죄로 엮였다.

메르켈 총리의 시대를 통틀어 가장 강도 높은 수사와 숙청이었다.

오죽하면 독일 언론에서도 정부의 칼날이 너무 날카로운 것 아니냐고 경계했다.

그러나 국민들의 반응은 폭발적이었다.

그동안 독일 사회를 좀먹고 있던 바이러스를 한 방에 털어낸 메르켈의 지지율은 끝을 모르고 높아졌다.

라이프치히 테러 사고로 까먹은 지지율을 회복하고도 남았다.

사실 메르켈 정부에서 숙청한 공무원과 기업인들에게는 공통점이 있다.

그들은 다름 아닌 네오메이슨의 조직원이었다.

물론 마르코 슈테겐의 리스트에 있다고 무조건 잡아넣진 않았다.

다만 리스트의 인물들을 조사해서 네오메이슨과 손을 잡은 게 확실하면 가차 없이 숙청했다.

죄목도 있는 대로 갖다 붙였다.

마르코 슈테겐의 가장 큰 죄는 테러 자금 지원이다.

하지만 독일 정부는 공식적으로 라이프치히 테러의 원인을 이미 밝혔다.

뒤늦게 네오메이슨과 결탁한 자국 공무원이 테러를 사주했다고 알릴 수는 없다.

다른 공무원과 기업인들도 마찬가지였다.

그들이 저지른 죄도 있지만, 형량이 부족하면 얼마든지 가공의 혐의를 덧씌웠다.

당연히 법적으로는 용인될 수 없는 일이다.

그렇지만 메르켈은 최치우의 조언을 받아들였다.

악마를 물리치기 위해서는 우리도 지옥에 들어가야 한다는 말이 메르켈 총리의 심금을 울린 것이다.

효과는 확실했다.

독일은 네오메이슨의 전신인 일루미나티가 발생한 근거지다.

그런데 최치우와 메르켈의 합동 작전으로 본거지인 독일에서 네오메이슨 조직이 탈탈 털렸다.

아직도 숨을 죽이고 호시탐탐 기호를 엿보는 세력이 있을 것이다.

그러나 독일 정부와 금융계 요직의 네오메이슨은 대부분 힘을 잃거나 감옥에 갇혔다.

유럽의 맹주 독일에서 네오메이슨의 영향력이 완전히 약화된 것이다.

비록 라이프치히 테러라는 비극적인 사건이 일어났지만, 최치우는 희생자들을 위해 최선의 복수를 한 셈이었다.

테러를 직접 실행한 I.S 비밀 지부를 소탕했고, 뒤에서 사주한 네오메이슨 조직을 와해시켰기 때문이다.

휘이— 휘이이이—

최치우는 바람이 부는 공터에 혼자 서 있었다.

그의 앞에는 작은 기념비가 세워져 있었다.

라이프치히 테러의 희생자를 추모하는 기념비였다.

8명의 희생자 모두 생전에 얼굴 한 번 본 적 없는 사람들이다.

하지만 이들은 올림푸스를 위해 공사 현장에서 일하다 죽음을 맞이했다.

유족들에게 보상을 하고, 복수까지 마무리 지었지만 최치우가 느끼는 책임감은 여전했다.

그는 추모 기념비 앞에서 고개를 숙이고 묵념을 했다.

'잊지 않겠습니다. 여러분의 희생을.'

소울 스톤 발전소가 완공되면 라이프치히뿐 아니라 독일의 자랑이 될 게 분명하다.

아울러 유럽 전체에서 관광객이 몰려드는 명소로 자리 잡을 것이다.

관광객들은 발전소 외관뿐 아니라 바로 옆 추모비도 같이 볼 수밖에 없다.

최치우는 희생자들을 영원히 기억할 수 있도록 공사 현장 가까이 추모비를 세웠다.

유족들도 보상금 액수보다 추모비를 세운 것에 더 큰 고마움을 표현했다.

복수는 철저하게, 책임은 확실하게.

그것이 최치우의 원칙이다.

유럽에서도 최치우는 원칙을 지키며 위기를 기회로 만들었다.

올림푸스와 독일은 라이프치히 테러를 발판 삼아 더 많은 것을 성취했다.

특히 최치우는 네오메이슨의 천적이라 불러도 될 것 같았다.

"가을에 다시 만나자."

최치우는 추모비 옆 공사가 한창인 현장을 쳐다보며 혼잣말을 남겼다.

가을이면 두 번째 소울 스톤 발전소가 문을 열 것이다.

그의 얼굴에 은은한 미소가 번지고 있었다.

          *   *   *

펑─!

퍼퍼펑─!

축포보다 더 큰 소리를 내며 샴페인이 터졌다.

수십만 원짜리 돔 페리뇽과 수백만 원이 넘는 아르망디 거품이 흘러넘쳤다.

그러나 누구 하나 흐르는 샴페인을 아까워하지 않았다.

오늘만큼은 마음껏 사치를 부려도 된다.

아주 특별한 날이기 때문이다.

최치우는 강남의 특급 호텔 클럽을 통째로 빌려서 파티를 열었다.

파티장과 샴페인, 음식만 화려한 게 아니었다.

올림푸스 직원들이 투표를 통해 뽑은 연예인들을 축하 가수로 섭외했다.

하룻밤 파티에 몇억, 아니, 10억은 더 쓰게 될 것 같았다.

그래도 상관없다.

새해가 밝았고, 올림푸스와 퓨처 모터스의 합산 시총은 100조 원을 돌파했다.

여러모로 의미가 있는 파티였다.

다른 회사의 새해 시무식과는 레벨이 달랐다.

이렇게 온 직원이 모여 미친 듯이 노는 파티로 시무식을 하는 회사는 없다.

최치우의 기조는 한결같았다.

일할 때는 미친놈처럼, 대신 놀 때도 미친 듯이.

수많은 회사가 직원들에게 주인 의식을 강요한다.

하지만 정작 열매를 나눌 때는 인색하다.

올림푸스와 퓨처 모터스는 다르다.

업무 강도는 무척 높은 편이지만, 성과급 체계가 다른 대기업 뺨을 후려칠 정도로 독특하다.

단순한 성과급뿐 아니라 직원들에게 주어지는 스톡 옵션도 적지 않다.

괜히 꿈의 직장으로 불리며 공채 경쟁률이 어마어마한 게 아니었다.

그렇기에 일이 힘들어도 누구 하나 퇴사하는 사람이 없는 것이다.

"대표님, 축하드립니다."

"축하드려요!"

파티가 열리는 클럽에서 최치우를 보는 사람들마다 축하 인사를 건넸다.

최치우는 올림푸스 직원들만 초청하지 않았다.

직원의 가족과 친구들도 초대했고, 덕분에 직원들은 어깨에 힘을 줄 수 있었다.

최치우에게 축하를 하는 사람들은 대부분 직원의 친구들이었다.

그들은 합산 시가총액 100조 돌파를 축하하는 것이다.

뉴스에서도 대대적으로 보도를 했기 때문에 올림푸스와 퓨처 모터스의 시총 100조 돌파는 국민적 상식이 됐다.

"고맙습니다. 재밌게 놀다 가세요."

최치우는 한 손에 샴페인 병을 들고 여러 사람들의 인사를 받아줬다.

잘나가는 아이돌 가수와 걸그룹을 불러 축하 무대를 꾸몄지만 파티에서 가장 주목을 받는 사람은 단연 최치우였다.

한류 스타도 최치우의 명성 앞에서는 빛을 잃는다.

한 차례 파티장을 돌면서 사람들과 인사를 나눈 최치우는 VIP 룸으로 들어왔다.

대리석 테이블 위에는 황금빛 아르망디가 수십 병 깔려 있다.

돔 페리뇽 정도는 바닥에 나뒹굴어도 신경 쓰는 사람이 아무도 없었다.

"연예인 놀이는 잘하고 왔어?"

이시환이 장난스레 농담을 던졌다.

그는 파티에 참석하기 위해 남아공에서 날아왔다.

최치우는 샴페인 거품을 이시환에게 뿌리며 응수했다.

"남아공에 오래 있더니 군기가 빠졌는데? 하늘 같은 대표님한테."

"하하하, 옙. 여부가 있겠습니까."

이시환이 거수경례를 하며 장난을 쳤다.

두 사람은 올림푸스의 대표와 남아공 본부장 이전에 막역한 대학 선후배다.

특히 최치우가 동해에서 이시환의 목숨을 구해주며 더욱 친해졌다.

그날 이후 이시환은 최치우를 생명의 은인으로 여기고 있다.

그런 사이인 둘이 오랜만에 만났으니 반가움이 남다를 수밖에 없다.

"이제 서울 공기에 적응이 되고 있지?"

"그럼, 역시 서울이 좋긴 좋다."

이시환은 오늘 낮에 도착했다.

그때는 최치우도 업무를 보느라 바빠서 제대로 대화를 나누지 못했다.

다행히 이시환의 귀국 일정과 파티 날짜가 맞아서 제대로 회포를 풀 수 있게 됐다.

"이러다 남아공 안 가려고 하면 곤란해."

"걱정 붙들어 매셔도 됩니다, 대표님. 내 꿈과 야망이 모두 남아공에 있는데."

이시환은 취기에도 불구하고 이글거리는 눈빛을 보여줬다.

올림푸스의 남아공 본부는 여러 광산을 성공적으로 개발하며 쭉쭉 성장하고 있다.

남아공 본부장을 역임하고 있는 이시환의 위상도 예전과 비교할 수 없어졌다.

만약 한국에 남았다면 이시환은 올림푸스의 팀장으로 머물렀을 것이다.

물론 올림푸스의 팀장은 준임원급 대우를 받는다.

게다가 20대 임원으로 발탁될 가능성도 충분하다.

그러나 막대한 매출을 내는 해외 법인의 총책임자는 격이 다른 자리다.

이시환은 도전을 선택했고, 그 과실을 누리는 중이다.

한국에 잡아두려 아무리 애를 써도 휴가가 끝나면 남아공으로 돌아갈 것이다.

최치우도 남아공에서 더 큰 성공을 이루려는 이시환의 각오를 알고 있었다.

툭툭!

"올해는 남아공 밖으로도 진출해야지."

최치우가 이시환의 어깨를 두드리며 의미심장한 이야기를 꺼냈다.

이시환도 고개를 끄덕이며 준비된 대답을 내놓았다.

"현지 분위기를 살피고 있어. 봄에는 그럴듯한 보고서를 올릴게."

"너무 서두르진 말고. 형은 이미 잘하고 있으니까."

최치우는 격려를 잊지 않았다.

이시환은 기대 이상으로 남아공 본부를 이끌고 있다.

슬슬 아프리카 남부로 사업을 확장해야 하지만, 아직 조급증을 느낄 단계는 아니다.

"아, 맞다. 그런데 그 소식 들었어?"

그때 이시환이 빈 잔에 샴페인을 따르며 물었다.

최치우는 무슨 말이냐는 듯 고개를 돌렸다.

"무슨 소식?"

"모르는구나. 은서⋯ 교환학생 끝나고 졸업해서 취직했다고 하더라."

이시환의 입에서 익숙한 이름이 언급됐다.

과 대표 출신인 이시환은 남아공에서도 동문들의 소식을 틈틈이 챙기고 있었다.

최치우의 첫 번째 여자 친구인 유은서의 소식도 예외는 아니었다.

S대에서 만나 풋풋한 연애를 했지만, 최치우는 너무 일찍 거물이 됐다.

그로 인해 연애에 소홀해질 수밖에 없었고, 유은서는 최치우에게 부담을 주는 대신 교환학생으로 떠나가는 쪽을 선택했다.

그렇게 헤어진 후 거짓말처럼 유은서를 잊고 지냈다.

다른 여자들을 많이 만났고, 수많은 남자들이 선망하는 걸 그룹 멤버와 짜릿한 밀회를 즐기기도 했다.

하지만 20대 초반의 순수한 연애 감정을 다시 느낀 적은 없었다.

유은서.

그녀의 이름을 다시 들으니 기분이 묘했다.

"어디에 취직했어?"

"UN 본부에서 일하고 있다더라. 원래도 똑똑했잖아."

"그럼 뉴욕에 있겠네."

"그렇겠지."

최치우는 뉴욕의 UN 본부에서 연설을 하기도 했었다.

그때 같은 공간에 유은서가 있었다니, 괜히 아쉬운 마음이 들었다.

"궁금하면 더 알아봐 줘?"

이시환이 넌지시 최치우의 의사를 확인했다.

그러나 최치우는 웃으며 고개를 저었다.

일 때문에 그녀를 멀리하게 됐는데, 예전보다 더 바빠진 지금 먼저 연락할 면목이 없었다.

"인연이라면 다시 만나겠지."

"그거 완전 아재 같은 소리 아냐?"

"됐어. 오늘은 좋은 날이니까 술이나 마셔."

최치우가 샴페인을 병째로 들고 목을 축였다.

올림푸스와 퓨처 모터스의 시총 100조 원 돌파를 축하하기 위한 파티에서 옛 추억을 떠올리게 됐다.

그런데 과거를 회상하는 게 싫지만은 않았다.

올림푸스를 설립하기도 전, 평범한 학부생 시절의 추억도 꽤 아름다웠기 때문이다.

끊어진 인연의 고리가 어떻게 이어질지 아직은 알 수 없지만, 최치우는 모든 것을 자연스레 받아들이기로 했다.

지금까지 그래왔던 것처럼 하루하루 최선을 다하다 보면 좋은 일들이 펼쳐질 것이다.

"건배!"

"위하여—!"

사방에서 축배를 드는 소리가 최치우를 흐뭇하게 만들었다.

2장

기습

　최치우는 모처럼 술을 많이 마셨다.

　하룻밤 파티에 10억 원을 넘게 썼으니 술을 많이 마시는 게 당연한 일이다.

　아이돌과 걸그룹의 축하 무대도 흥겨웠고, 직원들이 모인 테이블마다 돌아가며 함께 샴페인을 터뜨리는 재미도 남달랐다.

　올림푸스의 직원들, 그리고 초대를 받은 가족과 친구들은 그야말로 미친 듯이 놀았다.

　적어도 지난 금요일 밤 대한민국에서 가장 화려하고 화끈하게 논 사람들은 올림푸스 파티에 다 있을 것이다.

　최치우는 파티의 호스트이자 주인공이었다.

　여기저기서 권하는 샴페인을 거절하지 않고 다 받았다.

어느새 수백 명으로 늘어난 올림푸스 직원들과 어울리는 자리였기에 뺄 수 없었다.

사실 마음만 먹으면 취기를 몰아내는 건 일도 아니다.

단전의 뜨거운 내공을 끌어 올리면 알코올은 금방 사라지게 마련이다.

그렇기에 무림의 고수들은 술에 무너지지 않는다.

만독불침을 이룬 최치우는 독으로도 쓰러뜨릴 수 없다.

하지만 오늘만큼은 기껏 마신 샴페인 알코올을 날려 버리고 싶지 않았다.

어쩌면 유은서의 소식을 오랜만에 들었기 때문인지 모른다.

이시환은 대수롭지 않게 이야기를 전했고, 최치우도 담담하게 받아넘겼다.

처음에는 단순히 반가운 마음이 전부였다.

그런데 술이 한 잔, 두 잔 더 들어가면 갈수록 가슴 깊은 곳이 아릿해졌다.

최치우는 색을 밝히는 편은 아니지만, 영웅호색을 순리라고 생각하는 천상 남자다.

그래서 어린 시절의 여자 친구가 계속 생각나는 게 스스로 이해되지 않았다.

물론 최치우는 여전히 20대 중반이다.

20대 초반 캠퍼스 커플로 만났던 유은서가 애틋하게 느껴질 수도 있다.

그러나 최치우의 영혼은 수백 년이 넘는 세월을 경험했다.

새로 환생한 육체의 나이에 맞게끔 정신도 자연스레 조정이 되지만, 첫사랑에 가슴 아파할 정도로 마음이 약해지진 않는다.

아무튼 낯선 느낌이다.

현대의 지구에서 최치우는 처음으로 가족을 얻었고, 동료들과 함께 싸우는 법을 배워갔다.

모두 이전 차원에서는 경험한 적 없는 일이었다.

그렇기에 연애 감정도 다른 인생을 살 때보다 더 특별하게 와닿는지 모른다.

"우습다. 할 일이 태산처럼 많은데."

최치우는 파티가 열린 클럽에서 나와 혼자 길을 걸었다.

거리의 조명마저 대부분 꺼진 새벽, 찬바람을 맞으며 생각을 정리하고 싶었다.

밤새 파티를 즐기고도 모자라 아직까지 노는 사람들도 남아 있다.

하지만 최치우는 충분히 놀 만큼 놀았다.

그는 미리 예약해 둔 강남 코엑스의 특급 호텔을 향해 움직였다.

낮과 저녁에는 인파로 가득한 강남의 거리가 거짓말처럼 한산했다.

인도 옆을 지나다니는 자동차도 거의 없었다.

그리 놀라운 일도 아니다.

서울의 1월은 러시아보다 더 춥다.

추위와 어둠이 절정인 새벽 시간이니 적막한 게 당연했다.

휘이이잉—

어디선가 불어온 바람이 최치우를 스치고 지나갔다.

보통 사람 같으면 서늘한 냉기에 옷자락을 여몄을 것이다.

그러나 최치우는 추위를 잘 타지 않는다.

단전의 내공이 워낙 단단하기 때문이다.

뿐만 아니라 지금은 오랜만에 취기가 제법 오른 상태다.

술기운 덕분이라도 찬바람에 무감각해질 수밖에 없었다.

우우웅!

그때였다.

골목 건너편에서 이질적인 소리가 울렸다.

자동차 한 대가 텅 빈 거리를 지나가는 모양이었다.

최치우는 별다른 신경을 쓰지 않고 앞만 보며 걸었다.

목적지인 코엑스의 호텔까지는 20분 정도 더 걸어가야 한다.

그동안 유은서에 대한 잡념을 정리하고 천천히 취기를 가라 앉히면 딱 될 것 같다.

찌릿—

그런데 최치우의 본능이 경고음을 쏘아냈다.

아무 예고도 없이 누구보다 예민한 감각이 정신을 일깨웠다.

부와아아앙!

거리를 지나쳐야 할 자동차, 아니, 덤프트럭이 인도를 침범했 다.

라이트도 끄고, 소리를 죽인 채 달려온 트럭은 최치우의 등을 덮치고 있었다.

최치우는 술에 취해 있었기에 평소보다 늦게 위기를 느꼈다.

그래도 미리 고개를 돌리지 않았다면 꼼짝없이 트럭에 깔렸을 것이다.

탓!

최치우는 순간적으로 힘을 모아 땅을 박찼다.

0.1초도 안 되는 찰나지만, 단전의 내공은 기다렸다는 듯 발끝으로 쏘아졌다.

후웅—

어둠 속에서 한 편의 영화 같은 장면이 연출됐다.

최치우가 2m, 아니, 3m 넘게 뛰어올라 공중제비를 돌았다.

대신 좀 전까지 그가 서 있던 인도는 덤프트럭의 진입으로 난장판이 됐다.

쿠콰콰콰쾅—!

보도블록 깨지는 소리가 고요한 새벽을 깨웠다.

덤프트럭의 육중한 차체가 인도를 통째로 집어삼킨 것이다.

최치우는 공중에서 한 바퀴 우아하게 돈 다음 옆에 착지했다.

불과 1초 사이로 생사의 갈림길이 갈렸다.

경공으로 위기를 모면한 최치우는 단전의 내공을 전신에 퍼뜨렸다.

혈도를 타고 내공이 퍼지자 술기운은 흔적도 없이 증발됐다.

철컥—

곧이어 덤프트럭의 문이 열렸다.

운전석과 조수석에서 각각 한 사람씩 내려 최치우를 노려봤다.

'사고가 아니다.'

최치우는 운전 실수가 아니라고 확신했다.

덤프트럭은 고의로 최치우를 노렸다.

파티 장소에서 호텔까지 가는 동선도 꿰뚫고 있었다.

아마 최치우가 트럭을 피하지 못했다면 교통사고로 위장됐을 것이다.

'어설픈 놈들이 아니군. 프로다.'

트럭에서 내린 남자 두 명도 아마추어가 아니었다.

최치우는 방금 3m 넘게 공중제비를 돌며 트럭을 피했다.

보통 사람이 그런 광경을 목격하면 얼이 빠질 수밖에 없다.

하지만 둘은 당황하지 않고 차에서 내려 날카로운 눈빛으로 최치우를 주시했다.

검은색 신발, 검은색 옷, 그리고 검은색 마스크와 모자.

머리끝부터 발끝까지 검은색으로 무장한 두 사람이 품에서 총을 꺼냈다.

최치우는 둘이 팔을 움직일 때부터 낌새를 눈치채고 있었다.

'왼쪽!'

운전석에서 내린 남자의 동작이 조금 더 빨랐다.

최치우는 총구가 자신을 겨누자 망설임 없이 몸을 날렸다.

쐐애액—!

궁신탄영의 경지가 펼쳐졌다.

화살처럼, 아니, 총알처럼 튀어나간 최치우의 몸이 순식간에 남자의 코앞에 다다랐다.

빠각!

측정 불가능한 속도의 에너지가 최치우의 주먹에 실렸다.

안면을 정통으로 맞은 남자는 그대로 의식을 잃었다.

코뼈를 비롯해 얼굴 전체가 내려앉아 차라리 죽는 게 나은 고통을 느꼈을 것이다.

"이익!"

조수석에 내린 사내가 헛바람을 집어삼켰다.

손쓸 틈도 없이 동료가 당하자 뒤늦게 당황한 것이다.

하지만 너무 늦었다.

덤프트럭으로 최치우를 처리하지 못했을 때, 그때 도망갔어야 한다.

피슝—

소음기가 붙은 권총에서 총알이 발사됐다.

그러나 총알은 최치우의 그림자를 관통하고 애꿎은 땅에 박혔다.

잔상을 남기는 이형환위를 펼친 최치우는 여유롭게 남자의 뒤를 잡았다.

최상급 물의 정령 아도니스도 이형환위에 당했다.

총알을 피하기 위해서였지만, 소 잡는 칼을 닭 잡는 데 쓴 격이다.

퍼어억!

최치우의 손날이 남자의 목덜미 뒤를 후려쳤다.

인간이 감당하기 힘든 충격이 남자의 전신 신경을 불태웠을 것이다.

최치우는 의식을 잃고 쓰러진 두 명의 괴한을 내려다봤다.

대한민국에서 총기를 들고 설치는 놈들이 나타나다니.

게다가 덤프트럭으로 최치우를 덮치려던 것도 주도면밀했다.

만약 최치우가 무공과 마법을 익히지 않았다면 무조건 당했을 것이다.

한국, 아니, 미국에서도 흔히 볼 수 없는 수준의 위험한 기습이었다.

"술이 다 깼네. 얼마나 열심히 마셨는데 아깝게……."

최치우는 맨정신으로 해야 할 일들을 생각했다.

우선 근처에 CCTV가 있는지 먼저 살펴보고 경찰에 신고를 해야 될 것 같았다.

최치우가 공중제비를 돌고, 총을 든 괴한 두 명을 쓰러뜨리는 장면이 CCTV에 찍혔으면 골치 아프다.

예기치 못한 습격 때문에 여러모로 일이 많아졌다.

최치우는 다시 한번 정체불명의 두 남자를 내려다보고 혼잣말을 읊조렸다.

"날 귀찮게 만든 대가는 꽤 비쌀 거야."

이미 둘은 죽음보다 더한 고통을 느끼고, 완전히 회복이 불가능한 중상을 입었다.

그럼에도 최치우의 화는 풀리지 않았다.

그는 폰을 꺼내 임동혁에게 전화를 걸었다.

이런 사고를 처리하는 데 임동혁은 최고의 전문가일 것이다.

재계의 망나니로 불리던 시절, 수많은 사고를 저지르고 직접 수습한 경험이 어마어마하게 많기 때문이다.

—아까 먼저 나가더니 무슨 일이십니까?

전화기 너머에서 시끄러운 음악 소리가 들렸다.

임동혁은 여전히 클럽에 남아 올림푸스의 파티를 즐기고 있었다.

최치우는 한 문장으로 상황을 설명했다.

"덤프트럭 한 대와 총을 든 남자 두 명이 나를 죽이려 했습니다."

—네… 아니, 네? 지금 어디에 계십니까!

"클럽에서 코엑스로 가는 길 중간쯤입니다."

—바로 가겠습니다, 대표님.

최치우는 피식 웃음을 터뜨리며 전화를 끊었다.

임동혁이 도착하면 어렵지 않게 상황이 정리될 것 같았다.

아닌 밤중에 일어난 기습은 결코 단편적인 사건이 아니었다.

더 이상 한국도 안전 지역이 아니다.

최치우는 문제가 없지만, 어머니를 비롯해 소중한 사람들이 걱정됐다.

"이렇게 미친 짓을 벌일 놈들은… 역시 네오메이슨이 분명하겠군."

누가 괴한 두 명을 고용해 최치우를 죽이려 했는지 안 봐도 비디오였다.

본거지인 독일에서 네오메이슨 조직이 깡그리 숙청당한 게 뼈아팠던 모양이다.

드디어 네오메이슨이 무리수를 두기 시작했다.

따지고 보면 라이프치히 테러도 섣부른 무리수였다.

직접 나서지 않고 I.S를 동원했지만 최치우에게 꼬리를 잡혔다.

언제나 그렇듯 위기는 곧 기회다.

네오메이슨의 위협이 거세지면 최치우와 올림푸스는 위기를 맞이하게 될 것이다.

하지만 위기를 이겨내면 네오메이슨의 약점을 찾아 반격을 할 수도 있다.

퓨처 모터스의 전신인 T-모터스의 공장 화재, 라이프치히 테러 등 최치우는 네오메이슨에게 반격을 하는 데 도가 텄다.

"이판사판 안 가리는 전쟁이다, 이거지."

겨우 5분 전 덤프트럭에게 기습을 당한 심각한 상황이지만 최치우는 짙은 미소를 지었다.

걸어오는 싸움은 절대 마다하지 않는다.

최치우의 영혼에 각인된 전투 본능이 활활 타오르고 있었다.

*   *   *

과연 임동혁은 임동혁이다.

최치우를 만나기 전까지 틈만 나면 사고를 치고 돌아다닌 임동혁의 짬밥이 빛을 발했다.

현장에 도착한 그는 경찰을 부르지 않았다.

대신 24시간 가동되는 한영그룹의 비상 상황실에 전화를 걸었다.

한영그룹 직원들이 현장 근처의 CCTV 소재를 파악했다.

다행히 최치우의 전투 장면을 제대로 촬영할 수 있는 위치에 CCTV는 없었다.

그래도 애매한 위치의 CCTV 원본 파일은 관할 공무원에게 거액의 뒷돈을 찔러주고 모조리 삭제하기로 했다.

최치우의 비밀이 탄로 날 일은 없었다.

이게 끝이 아니다.

비상 상황실 직원들은 현장으로 달려와 괴한의 총기 두 정을 수거했다.

그런 다음에야 경찰에 신고를 했다.

"재벌이 좋긴 좋군요. 비상 상황실이 국과수 뺨치는 것 같습니다."

"우리도 하나 만들까요? 24시간 운영되는 사고 전담팀."

"됐습니다. 필요할 때 한영그룹에 신세를 지는 걸로 충분합니다."

최치우는 내심 감탄을 금치 못했다.

재벌과 대기업을 욕해도 그들이 만든 시스템은 정교하고 굳건했다.

배울 점은 배워야 한다.

만약 한영그룹 비상 상황실이 나서지 않았다면 일 처리가 훨씬 복잡했을 것이다.

"그럼 우리는 경찰의 조사 결과를 기다리면 될 것 같습니다."

"총기 등록 여부만 따로 파악해 주세요."

"여부가 있겠습니까."

점수를 제대로 딴 임동혁이 자신만만하게 대답했다.

그와 함께 아침을 맞이한 최치우는 목을 좌우로 꺾으며 밤새 쌓인 피로를 풀었다.

경찰 조사를 크게 기대하는 건 미련한 일이다.

어차피 괴한들의 신원은 불분명할 게 뻔하다.

결국 최치우가 직접 나서서 괴한들의 정체와 배후를 알아내야 한다.

'어머니부터 신경 써야겠어.'

최치우는 서대문에서 혼자 지내는 어머니를 떠올렸다.

어머니에 대한 경호를 강화하는 게 급선무다.

서울이 안전하지 않다는 사실을 깨달은 것만 해도 큰 수확이었다.

최치우는 맹수들이 호시탐탐 목숨을 노리는 정글에서 산다는 것을 실감했다.

정글을 완전히 지배할 때까지 싸움은 끝나지 않을 것 같았다.

*　　　　*　　　　*

괴한 두 명의 습격을 받고, 뒤처리를 마친 최치우는 서대문을 찾았다.

미리 연락을 받은 어머니는 가게에 나가지 않고 최치우를 기다리고 있었다.

식탁 위에는 어머니께서 정성껏 차린 진수성찬이 맛있는 냄새를 풍겼다.

아들이 온다고 부랴부랴 실력 발휘를 하신 것이다.

"얼굴이 좀 수척해진 것 같은데⋯⋯. 밥은 잘 먹고 다니는 것 맞지?"

"네. 뭘 먹어도 집밥만 못하지만, 그래도 잘 먹고 다니고 있어요."

최치우는 미소를 지으며 어머니가 내민 손을 맞잡았다.

따뜻한 체온이 손끝으로 전달됐다.

100조가 넘는 회사의 주인이 되고, 세계적인 유명 인사가 됐어도 어머니는 늘 아들이 밥은 거르지 않는지 걱정이다.

50살이 넘은 아들에게도 자동차 조심하라고 당부하는 게 우리 어머니들의 마음이다.

최치우는 어디서도 느낄 수 없는 진심 어린 환대를 받았다.

하루에도 수백, 수천억이 오가는 세계에서 전쟁을 펼치다 비로소 휴식을 취하게 된 것 같았다.

식탁에 앉은 최치우는 우선 뜨끈한 국물부터 한 숟갈 먹었다.

전날 과음으로 지친 속이 한 방에 풀렸다.

어떻게 알았는지 어머니는 해장에 좋은 북엇국을 준비하셨다.

"진짜 맛있어요. 사실 어제 술을 많이 마셨는데 딱이네요."

"회사에서 시무식 겸 성대한 파티를 열었다며? 신문 기사로 봤단다. 속이 안 좋겠구나 생각했지."

"아……."

최치우는 감탄을 할 수밖에 없었다.

어머니는 매일 최치우와 관련된 신문 기사와 뉴스를 빼먹지 않고 꼼꼼하게 챙겨 봤다.

그렇기에 딱 맞는 해장국도 준비할 수 있었다.

자식은 부모님의 품을 떠나면 혼자 잘난 듯 세상을 내려다보지만, 부모는 늘 자식의 한 걸음, 한 걸음을 말없이 주시하는 법이다.

그 깊은 사랑과 관심은 노력으로 따를 수 있는 게 아니다.

너도 네 자식을 낳아봐야만 부모 마음을 안다, 는 어른들의 말은 거짓이 아니었다.

언제가 될지 모르지만, 최치우도 자기를 닮은 아들딸을 낳게 되면 어머니의 커다란 사랑을 더 이해하게 될 것이다.

"천천히 많이 먹으렴."

"네, 어머니."

최치우는 우선 밥부터 먹기로 했다.

다소 무거운 이야기를 꺼내야 하지만, 먼저 정성껏 차린 식탁을 깨끗이 비우는 게 어머니를 향한 보답 같았다.

최치우는 김이 모락모락 올라오는 북엇국을 순식간에 비웠다.

잡채를 비롯한 반찬들도 거의 남기지 않았다.

밥 한 공기를 뚝딱 끝내 버린 그는 거실로 나와 소파에 앉았다.

"무슨 일이 있는 거지?"

어머니는 역시 아들의 마음을 꿰뚫어 본다.

최치우가 특별히 할 말이 있어서 집을 찾아왔다는 걸 눈치채고 있었다.

새벽녘 덤프트럭과 괴한에 기습을 당한 소식은 뉴스로 나오지 않았다.

올림푸스와 한영그룹이 모든 로비력을 동원해 기사 송출을 틀어막았기 때문이다.

괴한 두 명과 덤프트럭을 수습한 경찰은 사건을 철저히 비공개로 붙였다.

단순히 올림푸스의 압박이 무서웠기 때문은 아니다.

사건이 알려지면 경찰도 책임에서 자유로울 수 없다.

서울의 중심부인 강남에서 올림푸스 CEO 최치우가 습격을 받았다.

심지어 올림푸스에서 신고를 할 때까지 도로를 순찰하는 경찰도 없었다.

경찰의 치안 유지력이 도마에 오를 수밖에 없는 심각한 사건이었다.

그렇기에 경찰도 사건의 실마리가 잡힐 때까지 극비로 보안을 유지하는 게 유리하다.

올림푸스와 경찰의 이해관계가 맞아떨어져 덤프트럭 습격 사건은 수면 아래에 감춰져 있다.

그럼에도 불구하고 어머니는 뭔가 심상치 않은 일이 생겼음을 직감한 것이다.

최치우는 어머니의 얼굴을 바라보며 입을 열었다.

"어머니, 사실 제가 정체불명의 괴한들에게 습격을 당했습니다."

"습격? 몸은 괜찮은 거지?"

"털끝 하나 다치지 않았어요. 걱정 마세요."

"아니, 어쩌다 우리나라에서 그런 일이……."

"저도 우리나라는 안전하다고 생각했는데 아닌 것 같습니다. 회사가 커지면서 제가 여기저기서 미움을 많이 샀나 봐요."

"네 잘못이 아니다. 우리 아들이 얼마나 떳떳하게 회사를 경영하는지 깐깐한 언론에서도 칭찬이 자자하잖니. 원래 아무 이유 없이 질투하고 미워하는 못난 사람들이 있게 마련이란다."

어머니가 조근조근 차분한 말투로 최치우를 위로했다.

아들이 습격을 당했다는 소식을 듣고 놀람도 잠시, 어머니는 혹시 최치우가 위축될까 염려하고 있었다.

어머니의 그릇도 세계적인 CEO가 된 아들을 따라 더 크고 튼튼해진 것 같았다.

"저는 어떤 위험이 닥쳐도 괜찮습니다. 이번에도 아무 일 없었던 것처럼 제 한 몸은 충분히 지킬 수 있어요. 그런데 어머니가 제일 걱정이 됩니다."

"내가… 그렇겠구나."

어머니는 최치우의 말뜻을 금방 이해했다.

최치우는 고개를 끄덕이며 준비한 말을 이어갔다.

"그래서 불편하시겠지만, 이사를 부탁드리고 싶습니다."

"이사를?"

"보안이 강화되는 아파트 단지가 좋을 것 같아서요. 제가 사는 여의도로 오셔도 좋고, 강남이나 한남동 쪽 아파트도 괜찮습니다."

최치우가 말하는 아파트는 평범한 단지와는 완전히 다른 곳이다.

그가 살고 있는 여의도 펜트하우스처럼 외부인은 단지 내부로 출입이 불가능한 최고급 아파트를 말한다.

아파트 경비를 위해 상주하는 인력도 일반 단지의 몇 배 이상이다.

그만큼 아파트 가격도, 관리비도 엄청나게 높지만 확실한 보안과 프라이버시 유지라는 장점 때문에 연예인, 정치인, 재계고위직이 몰려 산다.

최치우는 고민하는 표정을 짓는 어머니에게 다른 조건도 덧붙였다.

"가게도 접으시는 게 좋을 것 같습니다. 혹시 어머니에게 안 좋은 일이 생기면… 제가 감당하기 힘듭니다."

"가게까지? 그래, 사실은 내 욕심이었지. 우리 아들에게 누가 될 수도 있는데……."

어머니는 올 게 왔다는 듯 한숨을 내쉬었다.

최치우는 세간에서 100조 부자로 불린다.

올림푸스와 퓨처 모터스의 시가총액 100조 원이 모두 최치우의 개인 자산은 아니다.

하지만 100조라는 숫자가 주는 상징성이 크기에 사람들은 참신한 용어를 만들어냈다.

100조 부자인 최치우의 어머니가 김밥 가게를 운영한다는 사실이 알려지면 납치 위험이 높아질 것이다.

네오메이슨이 나서지 않아도 미친놈들이 최치우의 돈을 노리고 어머니를 위협할지 모른다.

어쩌면 아직까지 사고가 안 터진 게 기적일 수도 있다.

"죄송해요, 어머니."

"아니야, 그런 말 하면 내가 너무 염치가 없어진단다. 죄송이라니……. 우리 아들이 아니었으면 내가 어떻게 이런 호강을 하고 살겠어?"

"그래도 불편하게 만드는 것 같아 마음이 안 좋네요."

"사람이 어떻게 모든 걸 다 얻고 살겠니? 하나를 얻으면 하나는 포기해야지. 우리 치우가 큰일 하는데 나 때문에 신경이 쓰이면 곤란할 테니 뭐든 편하게 결정하렴. 나도 이참에 가게 정리하고 그동안 꿈꿨던 꽃꽂이 공부부터 시작하면 좋겠구나."

"이해해 주셔서 고맙습니다. 최대한 거슬리지 않게 경호원들도 배치할게요."

어머니는 무엇이든 받아주겠다는 듯 포근한 미소를 지었다.

최치우는 덕분에 한시름 크게 덜 수 있었다.

현대에서 그의 유일한 피붙이는 어머니밖에 없다.

이제부터 어머니의 안전을 과하다 싶을 정도로 신경 쓸 것이다.

네오메이슨은 서울 한복판에 덤프트럭과 총을 든 괴한을 보냈다.

작정하고 사고를 친 것이다.

그들이 어머니의 존재를 알아내면 가만있지 않을 것 같았다.

'건드려도 되는 게 있고, 안 되는 게 있다.'

최치우는 긴급한 조치를 마치고 마음속으로 이를 갈았다.

라이프치히 테러와 독일의 네오메이슨 소탕은 전면전의 시작을 알리는 신호였다.

올림푸스와 네오메이슨은 명실상부 세계의 패권을 놓고 싸우게 됐다.

100조 시대를 연 최치우의 묵직하고 파괴적인 행보가 이어질 것 같았다.

*   *   *

어머니를 만나고 돌아온 최치우는 쉬지 않았다.

보통 사람 같으면, 아니, 어지간한 담력을 지닌 사람이라도 새벽에 기습을 당하고 제정신을 유지하기 힘들 것이다.

잘못하면 목숨을 잃을 수도 있었다.

사실 목숨을 잃지 않은 게 더 이상한 일이었다.

덤프트럭과 총을 든 괴한 두 명의 기습에서 살아남을 확률이 얼마나 되겠는가.

운 좋게 살았어도 트라우마에 시달릴 사건이다.

강인한 육체와 정신력을 지닌 국가 대표 운동선수들도 부상을 당하면 트라우마를 느낀다.

같은 부상을 또 당할까 봐 운동 능력이 대폭 줄어드는 게 일반적이다.

그런데 최치우는 아무렇지 않아 보였다.

오죽하면 임동혁이 며칠 동안 푹 쉬라고 강하게 권유할 정도였다.

하지만 최치우에게 이 정도는 눈 하나 깜박할 일이 아니다.

괜히 허풍을 떨면서 센 척하는 것과는 거리가 멀었다.

최치우가 살던 세계, 다른 차원에서는 하루에도 여러 번 목숨을 걸었기 때문이다.

무림, 아슬란 대륙, 헌터 월드, 기계 문명 등등.

어디에서 어떻게 환생을 해도 생존을 장담하기 힘들었다.

말 그대로 죽지 않기 위해서 강해져야만 했었다.

덤프트럭의 기습은 애교에 가깝다.

더군다나 최치우는 벌써 7번의 죽음을 경험했다.

그렇기 때문에 죽음의 위험을 익숙하게 받아들일 수 있었다.

알게 모르게 7번의 환생을 거친 티가 나는 것이다.

절대 현대의 보통 사람과 같은 기준으로 최치우를 판단할 수 없다.

"총기의 출처는 알아봤습니까?"

올림푸스 사무실에 도착한 최치우가 임동혁에게 질문을 던졌다.

괴한의 총기는 한영그룹 비상 상황실에서 수거해 갔다.

이제 한나절이 지났지만, 총기의 출처를 파악하기엔 충분한 시간이다.

그러나 임동혁은 어두운 표정으로 고개를 저었다.

"출처 불명의 총기였습니다. 암시장에 떠도는 밀수품 같습니다."

"예상했습니다. 경찰에서 온 연락은 없습니까?"

"두 사람 모두 중상을 입어 의식불명이라고 합니다. 다만 DNA 조사에서도 신원이 밝혀지지 않는다는 소식을 들었습니다."

"그들은 프로였어요. 연변에서 싼값에 사람을 죽여주는 아마추어가 아니었습니다."

"대표님께서 프로라고 인정할 정도면 전직 특수부대 출신일 가능성이 높을 것 같습니다. 어떻게든 신원을 파악하도록 경찰을 압박하겠습니다."

"경찰에서 우리를 귀찮게 하진 않겠죠?"

"네, 두 사람의 부상은 정당방위로 막을 수 있습니다. 그 부분은 문제없이 차단하겠습니다."

"이사님이 고생 많았어요."

"아닙니다. 대표님에게 큰일이 안 나서 다행입니다."

임동혁은 최치우가 비공식 국내 최강자라는 사실을 누구보다 잘 알고 있다.

파이트 클럽에서 최치우를 처음 만났었기 때문이다.

그래서 총을 든 괴한 두 명을 어떻게 제압했는지 꼬치꼬치 묻지 않았다.

올림푸스의 CEO 최치우가 아닌, 파이트 클럽의 최강자 최치우라면 전혀 이상한 일이 아니었다.

"믿을 만한 경호원들 선발해 주세요."

"24시간 어머님 동선을 따라다니며 경호하는 전담팀을 만들겠습니다. 대표님은 따로 경호 인력이 필요하지 않으십니까?"

"난 괜찮아요. 공식 행사 정도가 아니면."

"알겠습니다."

최치우와 임동혁이 호흡을 맞춘 지도 벌써 몇 년이 지났다.

이제는 척하면 척이었다.

임동혁은 최치우가 어머니의 안전을 중요하게 여긴다는 걸 알아서 캐치하고 있었다.

"당분간 정체불명의 괴한들은 경찰에게 맡겨놓고, 우리 일을 합시다."

"퓨처 모터스에서 요청이 왔습니다. 세계 주요 도시에 개장 예정인 체험관에 대표님을 모시고 싶답니다."

"그 외 다른 현안은 없습니까?"

"독일의 발전소 공사는 순조롭게 재개됐고, 남아공과 아프리카 사업도 이시환 본부장이 신규 보고서를 올릴 예정입니다."

"그럼 일정 잡아주세요. 퓨처 모터스에 힘을 팍팍 실어줘야지."

"비서팀과 논의해서 픽스 하겠습니다."

최치우는 만족스러운 얼굴로 고개를 끄덕였다.

퓨처 모터스는 런던, 뉴욕, 홍콩 등 주요 도시마다 체험관을 열 예정이다.

고객은 체험관에서 제우스 S를 직접 보고, 시승을 할 수도 있다.

대신 계약은 온라인 전시장에서만 이뤄진다.

따라서 퓨처 모터스의 체험관은 고객 경험에 중점을 둔 작은 테마파크나 다름없다.

최치우는 체험관 오픈 행사를 돌며 세계 곳곳에서 소울 스톤도 찾아낼 생각이었다.

'그리고 뉴욕에서는……'

최치우는 뉴욕의 UN 본부에 근무하고 있다는 유은서를 떠올렸다.

오랫동안 끊어진 인연의 실이 다시 연결될 것만 같았다.

3장
월드 투어

26살.

여전히 젊은, 아니, 어린 나이다.

하지만 20대를 누리고 있는 당사자들에게 26살은 꺾인 나이다.

25살까지 20대 초반이라 주장할 수 있다.

그러나 절반을 넘긴 26살부터는 30대가 코앞으로 다가온 느낌을 받는다.

남자들도 대부분 군대를 다녀와 사회 진출을 준비하는 시기다.

앞으로의 인생을 고민해야 되는, 마냥 어리기만 한 나이는 아닌 것이다.

최치우도 26살이 되며 새로운 전기를 맞이하게 됐다.

물론 또래의 친구들과는 주어진 상황이 많이 다르다.

올림픽 금메달로 군대 문제를 해결했고, 시가총액 100조 원을 돌파한 두 개의 기업을 경영하고 있다.

뿐만 아니라 개인 자산도 수십조에 다다른다.

하지만 최치우 역시 26살이 되면서 더 깊은 고민을 하게 됐다.

스무 살 무렵부터 지금까지는 올림푸스를 세우고, 앞만 보며 달려왔다.

그렇게 몇 년 만에 100조 기업이라는 역사적인 성과를 이뤄냈다.

그러나 왕관을 쓰는 것보다 지키는 게 더 어렵다는 말이 있다.

올림푸스와 퓨처 모터스는 더 이상 후발 주자가 아니다.

당당하게 세계의 흐름을 선도하는 글로벌 대기업으로 자리매김했다.

매출이나 시가총액 대비 회사 규모가 큰 편은 아니지만, 그마저도 강점으로 분류된다.

직원이 몇만 명 넘는 대기업에 비해 비용 절감이 쉽기 때문이다.

이제 올림푸스에게 요구되는 사회적 책임도 예전과 비교할 수 없어졌다.

올해부터는 국내법에 의해 대기업 집단으로 인정받게 됐다.

대기업 집단이 되면 세금부터 기부, 직원 고용 등 여러 문제가 훨씬 까다로워진다.

정부를 비롯해 시민 단체도 눈을 매섭게 뜨고 올림푸스의 일거수일투족을 지켜볼 것이다.

비록 올림푸스를 향한 국민들의 지지가 압도적이지만, 안 좋은 사고 하나만 터져도 여론은 싸늘하게 식을 수 있다.

최치우는 경영자로서 새로운 스테이지에 서게 됐다.

한 발만 삐끗하면 어렵게 쌓은 100조 신화가 무너질 수도 있다.

예전에는 한 번의 실수로 잃을 돈이 기껏해야 수십, 수백억이었다.

하지만 지금은 선택을 잘못하면 수천억에서 1조 이상을 날릴지 모른다.

그만큼 올림푸스와 퓨처 모터스의 비즈니스 스케일이 커졌고, 투자하는 액수도 상상을 초월하기 때문이다.

"무슨 생각을 그렇게 하십니까?"

그때 익숙한 목소리가 최치우의 상념을 일깨웠다.

음성의 주인은 다름 아닌 임동혁이었다.

최치우와 임동혁은 전용기를 타고 뉴욕으로 날아가는 중이었다.

맨해튼에 오픈될 퓨처 모터스의 체험관을 방문하기 위해서다.

최치우는 세계 주요 도시의 체험관 오프닝 행사에 초청을 받았다.

올림푸스와 퓨처 모터스의 마스코트인 그가 자리를 빛내주면 더욱 많은 관심을 받을 것이다.

뉴욕, 베를린, 런던, 홍콩.

최치우는 마치 월드 스타처럼 미국과 유럽, 아시아의 4개 도시를 순회하게 됐다.

따지고 보면 스타들의 월드 투어 일정과 크게 다를 것이 없다.

콘서트나 영화 시사회 대신 체험관에서 기자 회견을 하고, 사람들을 만날 뿐이다.

"욕심에 대해 생각하고 있었습니다."

"욕심……."

"보통 사람들은 10억을 버는 게 인생의 목표죠. 하지만 10억 다음에는 100억이 보이고, 100억을 벌어도 1,000억을 갖고 싶게 마련입니다."

최치우의 말을 들은 임동혁은 공감한다는 듯 고개를 끄덕였다.

"10억에서 100억을 만드는 것보다 100억에서 1,000억을 만드는 게 더 쉽기도 합니다. 그러니 적당히 만족하며 살기 어려운 것 아니겠습니까."

"맞아요. 우리도 다르지 않겠죠. 100조 가치의 회사를 만들었어도 1,000조를 위해 세계를 누비고 있는데… 이 레이스의 끝이 어디인지 문득 궁금해졌습니다."

"끝은 없을 겁니다, 대표님."

임동혁이 최치우의 눈을 똑바로 쳐다봤다.

그는 매번 최치우에게 구박을 받고 혼나는 게 일상이다.

그러나 지금은 마치 큰형처럼 의젓하게 최치우의 고민을 들어주고 있었다.

"1,000조를 벌어도 사람은 절대 만족하지 못합니다. 특히 대표님처럼 한계를 모르는 사람은 더더욱. 우리 영감도 대표님보다는 못하지만 비슷한 과입니다. 한영그룹을 세우고도 만족을 모릅니다."

최치우는 잠자코 임동혁의 이야기를 들었다.

임동혁은 잠깐 뜸을 들이다가 말을 계속했다.

"그렇기에 좀 오그라들지만, 과정을 즐기는 게 중요한 것 같습니다. 10조를 벌고, 100조를 벌어도 세상을 바꾸지 못하고 망치는 놈들이 많습니다. 대신 우리는 100조를 버는 동안 세상에 긍정적인 변화의 바람을 일으켰지 않습니까? 앞으로 1,000조까지 더 버는 게 중요한 것이 아닙니다. 그 과정에서 대표님이, 그리고 우리가 세상을 바꾸는 걸 즐길 수 있다면… 끝이 없는 레이스도 질리지 않을 겁니다."

최치우는 가슴 깊은 곳에서 묵직한 파동이 퍼지는 걸 느꼈다.

목표로 삼았던 시가총액 100조 원을 돌파하고 매너리즘에 빠질 것 같았다.

원래 너무 큰 목표를 생각보다 빨리 이루면 회의감을 느끼기 쉽다.

그런데 임동혁이 최치우의 초심을 자극했다.

시가총액이, 매출이 전부가 아니다.

회사를 키우는 과정에서 세상을 바꾸는 것이 훨씬 더 중요하다.

지구라는 넓은 도화지에 자기 생각대로 그림을 그리는 희열은 무엇과도 바꿀 수 없다.

최치우는 임동혁의 어깨를 가볍게 툭 쳤다.

"이사님, 철이 든 것 같습니다. 사람이 갑자기 안 하던 짓을 하면 죽을 때가 됐다던데."

"이렇게 좋은 이야기를 해드리고도 구박을 받아야 하다니, 노동청에 신고하겠습니다."

"하하, 이 빚은 뉴욕에서 비싼 술로 갚죠."

최치우가 웃음을 터뜨렸다.

아무리 오랜 세월, 다양한 차원에서 환생했어도 그 또한 인간이다.

때로는 고뇌에 빠지고 길을 잃기도 한다.

오늘은 임동혁 덕분에 초심을 되찾았다.

뉴욕으로 날아가는 최치우의 마음이 한층 가벼워졌다.

100% 전력을 다해 월드 투어에 임할 수 있을 것 같았다.

*   *   *

뉴욕의 중심지 맨해튼은 전 세계에서 땅값이 가장 비싼 동네로 알려져 있다.

타임스스퀘어는 365일 내내 세계 최고의 인구밀도를 자랑하는 관광지다.

미국의 수도는 워싱턴이지만, 세계의 수도는 뉴욕이라는 말이 괜히 있는 게 아니다.

특히 맨해튼은 뉴욕의 처음이자 끝이다.

퓨처 모터스는 맨해튼에서도 부자들이 모여 있는 첼시에 체험관을 열었다.

첼시(Chelsea)는 단순한 부촌이 아니다.

사실 맨해튼의 전통적인 부촌(富村)은 타임스스퀘어 위쪽의 어퍼 이스트 사이드(Upper East Side)다.

그러나 가장 트렌디한 동네를 꼽으라면 역시 첼시가 1등이다.

첼시 아래쪽으로는 금융인들의 성지인 월스트리트가 펼쳐져 있다.

월스트리트의 잘나가는 직장인들이 잠시 짬을 내 체험관을 들르기 좋은 위치다.

이처럼 체험관을 여는 위치도 치밀한 전략 아래 결정됐다.

퓨처 모터스의 전기차 제우스 S는 평범한 사람들이 접근하기엔 가격대가 다소 높다.

아직까지 부족한 전기차 인프라도 걸림돌이다.

그렇기에 트렌드를 앞서가며 차를 두 대 이상 유지할 수 있는 부자들에게 먼저 어필해야 한다.

제주도처럼 공공 기관에서 대량 구매를 하는 특이 케이스를 제외하면 퓨처 모터스의 마케팅 타깃은 명확하다.

돈만 많은 게 아니라 환경 보호 같은 이슈에 민감한 신세대 부자.

그들이 퓨처 모터스 고객이 되면 평범한 사람들도 제우스 S를 선망하게 될 것이다.

지금까지 퓨처 모터스의 전략은 제대로 통하고 있었다.

첼시의 체험관 오프닝 행사에 몰려든 인파가 바로 그 증거다.

유명 인사인 최치우와 브라이언의 참석이 화제가 되기도 했지만, 순수하게 제우스 S를 궁금해하는 맨해튼 주민들이 벌 떼처럼 모였다.

찰칵, 찰칵—

콧대 높고 도도하기로 유명한 뉴요커들도 스마트폰으로 최치우 사진을 찍기 바빴다.

브라이언에 이어 마이크를 잡은 최치우는 유창한 영어로 축사를 시작했다.

"헬로, 뉴욕!"

"와아아아아—!"

마치 록스타의 콘서트장을 보는 것 같았다.

그저 인사 한마디를 툭 던졌을 뿐인데 열광의 도가니가 됐다.

최치우는 환호성을 보내준 기자단과 뉴욕 주민들에게 미소를 선사했다.

"고맙습니다. 올림푸스와 퓨처 모터스의 CEO, 최치우입니다. 오늘 우리는 뉴욕에 작은 테마파크를 선물했습니다. 이곳은 전기차 제우스 S를 판매하기 위한 공간이 아닙니다. 당장 전기차를 구입할 수 없는 사람들, 그리고 호기심 가득한 어린아이들을 더 반기고 싶습니다."

역시 최치우의 발표는 남달랐다.

그가 괜히 프레젠테이션의 황제라고 불리는 게 아니다.

보통 기업의 홍보 체험관은 고객을 대상으로 만들어진다.

판매 촉진을 목표로 하기에 일반 사람들에겐 거부감을 일으킬 수 있다.

하지만 퓨처 모터스의 체험관은 판매와 상관없이 전기차 문화를 퍼뜨리는 테마파크라고 강조한 것이다.

그는 최초로 체험관의 공식 명칭도 발표했다.

"맨해튼의 제우스 파크는 여러분의 놀이터가 될 것입니다. 언제든 편하게 들러 다양한 전시를 보고, 커피를 마시고, 나만의 제우스 S를 체험하는 공간으로 자리 잡겠습니다. 퓨처 모터스는 뉴욕의 친구가 되겠습니다."

프렌즈 오브 뉴욕(Friends of New York)이라는 문구는 기자들이 받아쓰기 딱 좋은 슬로건이다.

최치우의 머릿속에서 나온 멘트는 제우스 파크를 상징하는 핵심 문장이었다.

기업과 고객, 판매자와 소비자의 관계를 초월해 사람들의 친구가 되는 브랜드는 오래도록 세상을 지배할 수 있다.

애플이 그랬고, 페이스북과 인스타그램이 그 길을 걸었다.

그러한 기업들은 세계를 움직이는 중심축이 됐다.

퓨처 모터스도 전기차를 파는 회사가 아닌, 새로운 문화와 함께 사람들의 친구가 되는 회사로 거듭나야 한다.

그래야만 벤츠, BMW, 아우디 같은 공룡들을 쓰러뜨리고 치열한 자동차 시장에서 살아남을 수 있다.

"즐거운 파티입니다. 친구들, 함께 즐기세요!"

최치우가 쾌활하게 축사를 끝냈다.

짧지만 인상적인 연설이었다.

그는 절대 주저리주저리 말을 길게 늘어놓지 않는다.

교장 선생님 훈화 말씀 스타일로 바쁜 현대인의 마음을 사로잡을 수 없기 때문이다.

"어떤 것 같아요, 이 분위기?"

마이크를 놓고 내려온 최치우가 브라이언에게 질문을 던졌다.

브라이언은 얼굴 위로 떠오른 웃음을 숨기지 못했다.

"기대 이상입니다. 모두 대표님 덕분입니다."

"놀라긴 이릅니다. 아직 베를린, 런던, 홍콩이 남았으니까 마음 단단히 먹어요."

"사실 홍콩이 제일 기대됩니다."

"여기보다 10배는 더 열광적일 겁니다."

최치우는 브라이언과 기분 좋게 환담을 나눴다.

오프닝 행사는 성공적이었다.

뉴욕의 기자와 셀럽들, 그리고 파워 인스타그래머 등 다양한 사람들이 제우스 파크를 둘러보고 있었다.

제우스 파크에서는 제우스 S에 대한 모든 것을 체험할 수 있다.

외장 디자인부터 인테리어까지 수천, 수만 조합을 직접 시뮬레이션할 수 있다.

세상 어디에도 없는 자신만의 자동차를 만들 수 있는 것이다.

가상현실 기술을 이용한 VR 체험 기계는 제우스 파크가 내세우는 비장의 무기다.

누구나 가상현실 세계에서 제우스 S를 마음껏 운전할 수 있다.

맨해튼의 꽉 막힌 도로는 시승을 하기에 부적절하다.

대신 VR 고글을 쓰고, 가상현실 세계에 접속해 뻥 뚫린 맨해튼 도로에서 제우스 S로 질주를 하면 된다.

최치우는 실제 시승보다 VR 체험 기계의 인기가 더 많을 거라 예상했다.

시대가 바뀌었고, 자동차를 체험하는 방식도 변화했기 때문이다.

퓨처 모터스와 제우스 파크는 시대의 흐름을 바꾸는 선두에서 달리고 있었다.

"다들 좋아해서 다행입니다."

최치우는 시끌벅적한 제우스 파크 내부를 돌아보며 만족스러운 표정을 지었다.

거금을 들여 첼시의 대형 건물을 통째로 사들인 보람이 있었다.

"치우야."

그때 낯설지 않은 목소리가 최치우의 귓가를 파고들었다.

그리 크지 않은 음성이지만, 음악 볼륨과 수많은 사람들의 웅성거림을 뚫고 분명하게 전달됐다.

뉴욕의 행사에서 영어가 아닌 한국어로 최치우의 이름을 부를 사람은 거의 없다.

더군다나 목소리의 주인이 여자라면.

최치우는 천천히 고개를 돌렸다.

그곳에는 새하얀 피부와 세련된 단발머리를 한 여성이 미소를 지으며 서 있었다.

UN 본부에서 근무한다는 유은서가 행사장을 찾아온 것이다.

최치우는 예기치 못한 타이밍에 몇 년 전 헤어진 여자 친구와 다시 만나게 됐다.

"은서야."

서로의 이름을 부르자 아주 잠깐이지만 대학생 시절로 돌아간 기분이 들었다.

뉴욕의 밤이 깊어지고 있었다.

   *   *   *

 최치우는 예정보다 일찍 제우스 파크를 빠져나왔다.

 오프닝 행사가 성대하게 마무리됐고, 사람들이 자유롭게 파티를 즐기고 있어 아무런 차질이 없었다.

 검은색 리무진을 타고 호텔로 돌아온 최치우는 간단히 옷을 갈아입었다.

 그가 뉴욕에서 머무는 호텔 옥상은 아무나 출입할 수 없는 라운지로 유명했다.

 스위트룸 이상 투숙하거나 멤버십 카드를 가진 사람만 루프탑 라운지 입장이 가능하다.

 그렇기에 프라이버시를 지키며 훨씬 여유롭게 맨해튼 야경을 감상할 수 있다.

 최치우는 호텔에서 가장 비싼 프레지던트 스위트룸에 투숙하는 손님이고, 동시에 가입비만 10만 달러인 멤버십 카드를 가지고 있다.

 딩동―

 전용 엘리베이터가 꼭대기에 멈췄다.

 라운지 입구를 지키는 직원들은 최치우의 얼굴을 바로 알아봤다.

 최치우는 세계 어디에서도 명함이 필요 없었다.

 특히 자주 방문하는 뉴욕에서는 얼굴이 곧 명함이다.

"예약석으로 모시겠습니다."

할리우드 배우처럼 턱시도를 빼입은 호텔 직원이 정중하게 말했다.

최치우는 뉴욕에서 가장 비싼 호텔의 초특급 VIP 손님이다.

만약 그가 다른 호텔로 거래처를 옮기면 타격이 크다.

단순히 투숙비 문제가 아니었다.

올림푸스 최치우가 선택한 호텔이라는 것만으로도 엄청난 홍보 효과를 내기 때문이다.

최치우는 극진한 환대를 받으며 걸음을 옮겼다.

라운지 안쪽의 특실은 최치우를 위해 예약이 돼 있었다.

문을 열고 들어서면 외부와 차단된 특별한 공간이 펼쳐진다.

호화로운 인테리어는 부수적이다.

유리벽 너머로 맨해튼의 야경을 온전히 즐길 수 있는 환상적인 뷰가 특실의 장점이다.

누구의 방해도 받지 않고, 독립된 공간에서 이만한 야경을 보기 어렵다.

특히 모든 게 과하게 비싼 맨해튼에서는.

하지만 최치우는 원하면 언제든 이곳을 독점할 수 있다.

"오래 기다렸지?"

최치우가 입을 열었다.

라운지 특실에 먼저 도착해 반짝이는 도시의 불빛을 감상하는 사람이 있었기 때문이다.

"아니야, 일찍 왔네."

고개를 돌리며 미소를 짓는 그녀는 역시 유은서였다.

최치우는 유은서에게 멤버십 카드를 주고, 이곳에서 만나기로 약속했다.

오프닝 파티가 열린 제우스 파크에서는 길게 이야기를 주고받을 수 없었다.

보는 눈이 너무 많았다.

뉴욕 어디를 가도 비슷할 것이다.

그래서 선택한 장소가 아무나 올 수 없는 호텔의 루프톱 라운지 특실이었다.

시차를 두고 입장하면 사람들의 시선에서 자유로울 수 있다.

게다가 돈 주고도 못 보는 야경이 만들어내는 분위기는 패키지다.

마주 보는 자리에 앉은 두 사람은 잠시 말을 아꼈다.

어쩌면 서로 무슨 말을 해야 할지 떠오르지 않았을 수도 있다.

샴페인, 치즈, 과일은 테이블에 놓여 있었고 음악과 경치도 완벽하다.

이대로 침묵하기엔 시간이 너무 아깝다.

결국 최치우가 먼저 입을 열었다.

"3년, 아니, 4년만인가?"

"그러게, 시간이 참 빠른 거 같아."

"UN에서 일한다는 소식은 들었어. 축하해."

"축하는 내가 해야지. 그사이 치우 넌… 정말 쳐다보기도 힘든 사람이 됐잖아. 항상 뉴스로 소식 보고 있었어."

최치우는 세계 여러 나라의 사람들에게 귀에 딱지가 앉도록 칭찬을 들었다.

그러나 유은서의 칭찬은 특별했다.

유은서는 올림푸스를 세우기 전, 그야말로 평범한 대학생 시절 만났던 여자 친구다.

남자는 인정을 먹고사는 동물이다.

굳이 말하자면 이 세계에서 첫사랑이라 할 수 있는 유은서의 진심 어린 칭찬은 최치우를 뿌듯하게 만들었다.

독일 총리나 한국 대통령에게 인정을 받았을 때보다 더 좋은 기분이 들었다.

"다 지나서 하는 말이지만, 그때 교환학생을 선택하길 참 잘했던 거 같아."

유은서가 웃으며 화제를 돌렸다.

예전보다 성숙하고 세련된 느낌이 물씬 풍기지만, 큰 눈동자에서 묻어나오는 귀여움은 그대로였다.

최치우는 그녀의 얼굴을 쳐다보며 저도 모르게 미소를 지었다.

"갑자기 교환학생을 간다고 해서 놀랐었지. 그리고 이렇게 시간이 많이 지나갈 줄 몰랐지만."

"그때 계속 한국에 있었다면… 점점 바빠지는 널 보며 난 계속 초라해졌을 거야. 짐이 될 수밖에 없었을걸."

"짐이라니? 사람 사이에 그런 게 어딨다고."

"아냐. 오늘 널 찾아올 수 있었던 것도… 내가 UN에서 일하며 자신이 생겼기 때문이야. 예전처럼 학생이었다면 다시 만나기 힘들었을 거 같아."

"나는 그대로인데."

"네 잘못이란 말은 절대 아닌 거 알지? 너한테 어울리는, 아니, 어울렸던 사람이고 싶어서 그래. 전 세계가 다 아는 올림푸스 최치우의 예전 여자 친구가 별 볼 일 없는 사람이면 안 되잖아."

유은서는 부끄러운 듯 말을 마치고 고개를 내리깔았다.

최치우는 그녀가 무슨 이야기를 하는지 알 것 같았다.

"그래도 다행이다. 지금 넌 엄청 멋진 커리어 우먼이 됐으니까."

"항상 너를 생각하면서… 독하게 공부했어."

유은서의 새하얀 볼이 빨갛게 물들었다.

술을 거의 마시지도 않았는데 말이다.

최치우는 웃음을 삼키며 질문을 던졌다.

"UN에서는 무슨 일을 해?"

"국제금융감시위원회에서 일하게 됐어."

"이름만 들어도 어려운 일 같은데."

"아직 신입이라 배우는 단계야. 한참 멀었지."

"그래도 대단하다. UN에서 세계를 위해 일을 하는 거니까."

최치우의 칭찬에 유은서가 활짝 웃었다.

꽃처럼 피어나는 미소를 드러낸 그녀는 금방 표정을 숨겼다.

너무 티 나게 좋아해서 쑥스러운 것 같았다.

"치우야, 네가 그렇게 말해주니까… 그동안 UN에 들어오려고 고생했던 보상을 받는 기분이 들어."

"축하주 한잔 살게."

최치우는 테이블 위의 샴페인을 가볍게 터뜨렸다.

당장 유은서와 예전 같은 관계로 돌아갈 수는 없다.

그러기에는 지난 몇 년의 시간이 너무 길었다.

더구나 최치우는 그녀와 헤어졌을 때보다 비교할 수 없을 정도로 더 바빠졌다.

그러나 분명한 사실은 최치우와 유은서 둘 다 설렘을 느끼고 있다는 점이다.

억지로 조바심을 내지 않고, 물 흐르는 대로 자연스레 놔두면 어떻게든 결론이 날 것이다.

오늘은 그저 순간에 충실하며 재회의 기쁨을 나누고 싶었다.

"서울에는 자주 못 오겠네."

"일이 좀 익숙해지면 여름하고 겨울에는 부모님 만나러 들어가야지."

"내가 뉴욕에 종종 오니까, 연락할게."

"난 언제든 환영이야. 일은 많지만, 여기엔 아직 친구도 별로 없어서."

술이 한 잔, 두 잔 오가고 최치우와 유은서는 앞으로도 연락을 주고받기로 약속했다.

우선 그 정도로 충분하다.

맨해튼에서 첫 번째 제우스 파크 오픈 행사를 마친 날, 최치우는 기대하지 않았던 선물을 받았다.

다시 이어진 과거의 인연이 또 어떤 사건을 만들어낼지 아직은 두 사람 모두 알 수 없었다.

*　　　　　*　　　　　*

베를린과 런던에서의 오픈 행사도 성황리에 끝이 났다.

퓨처 모터스의 전기차 제우스 S는 특히 베를린에서 뜨거운 관심을 받았다.

독일은 자동차의 본고장이라 해도 과언이 아니다.

독일 국민들 역시 벤츠, BMW 등 자기 나라 자동차 브랜드에 대한 자부심이 높다.

그렇기에 더더욱 제우스 S를 유심히 지켜볼 수밖에 없었다.

퓨처 모터스는 해외 자동차 브랜드 중 최초로 독일에서 전기차 보조금을 획득했다.

소울 스톤 발전소를 짓는 대가지만, 어쨌든 최초는 최초다.

독일 정부에서도 퓨처 모터스의 기술력을 인정했다는 뜻이다.

아직까지 메르세데스—벤츠조차 제우스 S 같은 수준의 럭셔리 전기차를 만들지 못하고 있다.

전기차 시대가 도래하면 자동차 시장의 주도권이 넘어갈지 모른다.

그러한 불안감이 독일 사람들의 호기심을 강력하게 자극한 것 같았다.

한편으로는 최치우의 인기 덕도 크게 봤다.

뉴욕이나 런던에서도 최치우는 수많은 사람들을 불러 모으는 존재였다.

하지만 베를린에서는 그의 위상이 남다를 수밖에 없다.

라이프치히에 소울 스톤 발전소를 건설하고, 불행한 테러 사건까지 독일 정부와 함께 이겨낸 전력이 있기 때문이다.

독일 사람들은 최치우를 다른 나라 사람처럼 여기지 않았다.

그가 테러 희생자 유족들을 얼마나 극진히 보살폈는지 잘 알고 있었다.

소울 스톤 발전소 현장 옆에 세운 추모 기념비는 독일인들의 차가운 마음마저 따뜻하게 만들었다.

그래서일까.

베를린의 제우스 파크 행사에 대한 독일 언론의 반응은 대부분 호의적이었다.

사실 퓨처 모터스의 홍보팀은 독일에서 안 좋은 기사들이 많을 거라 걱정했었다.

자국 브랜드를 보호하기 위해 더 날카로운 시각으로 전기차 제우스 S의 문제점을 지적할 확률이 높았다.

그런데 걱정은 기우에 불과했다.

최치우가 미리 쌓아놓은 인덕의 힘을 톡톡히 본 것이다.

이래서 사람은 착하게 살아야 한다.

씨앗을 잘 뿌려놓으면 언제 어디서 열매를 맺을지 모른다.

만약 최치우가 라이프치히 테러의 희생자들을 지극정성으로 챙기지 않았다면, 계약서 내용대로 모든 책임을 독일 정부에게 돌렸다면 어땠을까.

그때 당시 들어가는 돈은 적었겠지만 지금처럼 독일 여론이 우호적이진 않았을 것이다.

결국 최치우는 돈으로 살 수 없는, 어마어마한 가치를 적립한 셈이었다.

눈앞의 이익만 따지는 사람은 절대 큰 그림을 그릴 수 없다.

멀리 보는 사람은 당장의 손실도 감수한다.

최치우의 철학과 경험은 베를린 행사에서 제대로 증명이 됐다.

독일의 교통부 장관이 직접 참석해 자리를 빛내줄 정도였다.

올림푸스의 전용기는 월드 투어의 대미를 장식하기 위해 홍콩으로 날아갔다.

최치우와 임동혁, 그리고 브라이언도 전용기 안에서 쉬지 않고 대화를 나눴다.

지난 세 번의 오픈 행사를 자축하고, 홍콩 행사에 대한 기대감을 나타내기에 전용기는 완벽한 장소다.

하늘 위의 요새에서는 무슨 이야기를 해도 된다.

오직 올림푸스만을 위한 비행기이기 때문이다.

"대표님, 드릴 말씀이 있습니다."

한참을 먹고 마시며 즐겁게 떠들던 임동혁이 불현듯 뭔가 생각난 눈치였다.

"뭔가요?"

"아침 일찍 홍보팀에서 연락을 받았습니다. 홍콩 행사에 신임 대통령께서 참석할 의향을 밝혔습니다."

"정제국 대통령이?"

최치우는 그렇게 크게 놀라지 않았다.

지난 12월, 그가 라이프치히의 테러를 해결하는 동안 한국에서는 대선이 열렸다.

결과는 모두 예상한 그대로였다.

최치우가 유경민을 몰락시켰기 때문에 야당 잠룡 정제국이 청와대로 입성했다.

그는 최치우에게 엄청난 빚을 졌다.

대선 후보 시절에도 틈만 나면 빚을 갚겠다고 말했다.

"1월이면 신임 대통령의 업무가 과중한 타이밍일 텐데."

"마침 홍콩에서 한중정상회담이 열렸습니다. 일정이 맞아서 우리 행사에도 참석하려는 것 같습니다."

"신임 대통령이 외국에서 열리는 제우스 파크 행사에 참석하면 우리야 나쁠 게 없죠. 홍보도 되고, 한국 정부에서 힘을 실어주는 사인처럼 보일 테니."

"그럼 청와대에도 오케이 사인을 주겠습니다."

"그럽시다. 정 의원, 아니, 이제 대통령이군. 정제국 대통령이

자기 입으로 한 말을 지키고 싶은가 봅니다."

최치우는 희미하게 웃었다.

올림푸스는 전임 대통령 유영조의 전폭적인 협조를 받았었다.

그리고 정권 교체가 됐지만, 신임 대통령 정제국은 노골적으로 최치우에게 보답을 하고 싶어 한다.

나쁠 게 없다.

즐기면 된다.

둘의 대화를 듣는 브라이언만 입을 벌리고 놀랐을 뿐이다.

한국은 세계적인 선진국 대열에 합류했다.

그런 나라의 대통령을 하나도 어려워하지 않는, 오히려 장기판의 말로 보는 최치우의 스케일에 감탄할 수밖에 없었다.

홍콩으로 날아가는 비행기처럼 퓨처 모터스의 질주도 시원하게 이어질 것 같았다.

4장

대권(大權)

　기업의 행사에 한 나라 대통령이 참석하는 경우는 거의 없다.

　일자리에 영향을 끼치는 대규모 공장이나 투자 시설 유치면 또 모른다.

　하지만 제우스 파크는 전기차를 홍보하는 체험관이다.

　그것도 서울이 아닌 홍콩의 오픈 행사에 대한민국 대통령이 참석했다.

　한중정상회담 일정과 맞았기 때문이지만, 유례를 찾아보기 힘든 사건이었다.

　한국 언론은 당연하고, 중국의 매체도 정제국 대통령의 참석에 높은 관심을 보였다.

"앞으로 우리 대한민국 정부는 중국, 특히 홍콩과의 경제 교류 확대를 통해 양국 관계를 공고히 다지겠습니다. 오늘 홍콩에 오픈한 제우스 파크를 통해 전기차 문화가 확산되어 중국의 환경 문제를 해결하는 데 기여할 수 있기를 바랍니다. 이렇게 멋진 자리에 초대해 주신 최치우 대표님께 다시 한번 감사드리며 손님은 이만 뒤로 빠지겠습니다. 감사합니다!"

정제국 대통령은 힘 있는 연설로 제우스 파크 오픈 행사에 기운을 실어줬다.

그는 확실히 전임 유영조 대통령과는 다른 캐릭터였다.

유영조 대통령이 온건한 외유내강형 지도자라면, 정제국 대통령은 강한 카리스마를 자랑하는 보다 젊은 지도자다.

최치우는 정제국을 야당 후보일 때부터 만났지만 특별한 흠을 찾지 못했다.

정당은 달라도 유영조 대통령만큼 나라를 위하는 마음으로 국정을 잘 이끌어줄 것 같았다.

"자리를 빛내주신 대통령님께 한 번 더 큰 박수를 부탁드립니다."

짝짝짝짝짝짝—!

정제국에 이어 마이크를 잡은 최치우가 청중의 환호를 유도했다.

뉴욕이나 런던, 베를린보다 더 많은 사람들이 운집했다.

최치우는 한국의 영웅을 넘어서 아시아의 영웅으로 추앙받고 있기 때문이다.

지난 올림픽에서 100m 달리기 세계 신기록을 수립하며 동양인의 한계를 깨부순 게 결정적 이유였다.

국적은 달라도 수많은 중국인, 일본인들도 함께 열광할 수밖에 없었다.

그동안 동양 남자는 공부만 잘하는 샌님 이미지를 탈피하지 못했다.

할리우드 영화에도 대부분 비슷비슷한 인물이 등장했다.

그런데 최치우가 서양의 편견을 산산조각 박살 낸 것이다.

"하오— 하오!"

제우스 파크에 몰려든 홍콩 사람들의 환호성이 끊이지 않았다.

대중적인 인기는 정제국 대통령보다 최치우가 훨씬 높다.

국제적인 지명도 역시 마찬가지다.

이제 막 대통령이 된 정제국보다 몇 년 내내 주요 뉴스를 만들어낸 최치우의 인지도가 높은 게 당연하다.

"고맙습니다. 홍콩의 환대를 오래도록 기억하겠습니다. 하지만 가슴 아픈 이야기 먼저 꺼낼 수밖에 없습니다. 홍콩과 중국 대도시의 교통난, 그리고 대기 오염은 심각한 수준입니다. 이제는 우리를 위해, 그리고 우리 아이들을 위해 대책이 필요합니다. 꼭 퓨처 모터스의 제우스 S가 아니어도 좋습니다. 전기차를 선택하는 순간, 여러분은 홍콩과 중국의 미래에 투자하는 것입니다. 물론 다른 어떤 전기차보다 뛰어난 기술력으로 탄생한 모델이 제우스 S입니다. 제우스 파크에서 그 진가를 온몸으로 느끼시길 바랍니다!"

짧고 굵은 연설로 청중의 마음을 흔드는 데 최치우를 이길 사람이 있을까.

수백 번의 연설을 거듭하며 대통령이 된 정제국의 연설도 훌륭했지만, 최치우와 비교하면 2% 부족한 것 같았다.

최치우의 축사는 매번 달라졌다.

뉴욕과 런던, 베를린의 멘트와 홍콩에서의 멘트는 똑같지 않다.

각 도시에 맞춰 가장 적절한 축사로 사람들의 마음을 사로잡았다.

미래에 투자하라는 키워드는 홍콩뿐 아니라 중국 부자들의 심금을 울리는 말이다.

중국은 경제 규모에서 미국을 쫓은 G2로 성장했다.

그렇지만 대기 오염을 비롯해 급격한 도시화 부작용을 겪고 있다.

이제는 단순히 잘사는 것을 떠나서 삶의 질을 고민해야 할 단계다.

백만장자의 숫자만 1억 명이라는 중국이다.

그들이 전기차를 선택하면 자동차 시장은 더 빨리 변할 것이다.

"최 대표님, 축하드립니다. 홍콩 주민들의 반응이 이렇게 뜨거울 줄 몰랐습니다."

공식적인 순서가 끝나고 자유로운 파티가 시작되자 정제국 대통령이 말을 걸었다.

최치우는 미소를 지으며 화답했다.

"축하는 제가 드려야죠. 12월에 불미스러운 일이 있어 인사가 늦었습니다. 당선을 축하드립니다, 대통령님."

"모두 최 대표님 덕분이라는 걸 잊지 않고 있습니다."

"국민들의 선택이라 생각합니다. 우리나라를 잘 이끌어주실 거라고 믿습니다."

"역시 최 대표님다운 말씀입니다. 괜찮으면 잠깐 자리를 옮겨도 되겠습니까?"

"그럼요. 물론입니다."

최치우가 행사장 뒤편의 독립된 공간으로 정제국 대통령을 안내했다.

누구의 방해도 받지 않고 독대를 나눌 수 있는 방이다.

"잠시 물러나 주게."

정제국은 청와대 경호실장과 수행 직원들까지 밖으로 내보냈다.

경호실장이 머뭇거렸지만 정제국 대통령의 표정은 단호했다.

기어코 모든 수행원을 물린 정제국이 최치우를 쳐다봤다.

"최 대표님, 단도직입적으로 묻고 싶은 게 있습니다."

대통령이 됐어도 정제국의 시원시원한 성격은 그대로였다.

보통 높은 자리에 올라서면 싹 변하는 사람들이 많다.

특히 정치인들은 국회의원이나 장관, 대통령이 되면 본색이 드러난다.

그런데 정제국은 의원 시절 최치우를 만날 때와 태도가 같았다.

어쩌면 이제 한 달밖에 안 된 대통령이라 나중에는 변할지 모른다.

아직까지 가면을 쓰고 있는 것일 수도 있다.

그러나 사람은 언제나 지금 현재의 모습으로 판단해야 한다.

훗날 정제국이 변하면 최치우는 그와 연을 끊을 것이다.

그로 인한 어마어마한 뒷감당은 누구도 대신 질 수 없다는 걸 정제국도 알고 있었다.

"말씀하십시오."

"내가 만약 최 대표님을 과기부 장관으로 임명하면 수락을 해줄 수 있습니까?"

"대통령님, 지금 제게… 과학기술정보통신부의 장관직을 제안하시는 겁니까?"

"그렇습니다. 1기 내각의 장관으로 최 대표님을 꼭 모시고 싶습니다."

갑작스러운 제안이었다.

새로운 정권이 들어서고, 고위직과 장관 인사가 한창 진행되는 중이었다.

하지만 최치우는 자신에게 장관 자리를 맡길 거라고 상상도 못 했다.

우선 나이가 문제다.

만약 정제국 대통령의 제안을 받아들이면 역대 최연소 장관이 된다.

스웨덴이나 노르웨이에는 30대 장관이 있지만, 한국뿐 아니라 아시아에서는 전례를 찾아보기 힘들다.

하물며 최치우는 30대도 아닌 26살이다.

만 25세 과기부 장관의 탄생은 쇼킹한 사건이다.

"우선 대통령님의 제안에 감사를 드립니다. 그러나 전혀 생각하지 못한 일이라 당황스럽기도 합니다."

"알고 있습니다. 그리고 받아들이기 어려운 제안이라는 것도 이해합니다."

정제국 대통령은 상황을 잘 파악하고 있었다.

보통 집안에서 장관이 배출되면 가문의 영광으로 여긴다.

장관 자리를 주면 목숨 걸고 충성 맹세를 할 유력 인사가 한 트럭은 될 것이다.

그러나 최치우의 입장은 다르다.

그는 시가총액 100조 원을 돌파한 글로벌 기업을 이끄는 CEO다.

장관 자리에 연연하는 사람이 아니었다.

"국가의 정책을 디자인하는 것도 큰 기회지만, 제가 할 일은 따로 있는 것 같습니다."

"그렇게 대답할 줄 알았습니다. 사실 최 대표님에게 과기부 장관 자리를 제안한 것은 5년이나 10년 뒤를 바라보라는 뜻이었습니다."

"대통령님의 혜안이 궁금합니다."

"나는 임기 중 대통령과 국회의원 피선거권을 동일하게 25세로 하향할 생각입니다."

"선진국의 좋은 예시를 따라가는 것이군요. 저도 동의합니다."

지금은 대통령 선거에 출마하려면 만 40세가 넘어야 한다.

하지만 캐나다와 프랑스 등 여러 국가에서는 젊은 사람들이 정치 돌풍의 주역이 되고 있다.

정제국은 세계적인 트렌드에 맞춰 헌법을 수정하려는 것이다.

곧이어 정제국의 눈이 날카롭게 빛났다.

"최 대표님, 과기부 장관으로 경험을 쌓으면… 다음은 대권이지 않겠습니까?"

"……"

최치우는 섣불리 대답하지 않았다.

피선거권이 낮아지면 최치우도 출마할 수 있다.

국민적 인기로 따지면 최치우는 이미 대통령을 능가하고도 남는다.

수면 아래에서는 유경민을 무너뜨리고 대권의 주인을 결정짓기도 했다.

전직 검찰총장도 최치우의 사람이다.

사실 마음만 먹으면 청와대의 주인이 될 가능성이 결코 낮지 않았다.

"피선거권을 낮추고, 대통령제를 4년 중임제로 바꾸겠습니다. 최 대표님이 우리나라 역사상 최초의 8년 대통령이 될 수도 있습니다. 나와 함께 대한민국을 바꾸는 게 어떻습니까?"

정제국은 하루 이틀 생각하고 장관 자리를 제안한 게 아닌 것 같았다.

자신의 퇴임 이후까지 내다본 것이다.

최치우는 숨을 고르며 정제국 대통령을 쳐다봤다.

'내가 과기부 장관이 되면 정권 지지율이 하늘을 찌르겠지. 정제국 대통령은 개혁적인 선택으로 찬사를 받을 테고. 그렇게 청와대의 주인이 되는 길을 걷는 것도 나쁘지 않지만……'

고민은 길지 않았다.

최치우는 1분도 지나지 않아 결단을 내렸다.

"대통령님, 솔직한 답과 예의를 차린 답 중 어느 것을 들으시겠습니까?"

"하하하! 내가 이래서 최 대표님을 좋아합니다. 실례가 아니라면 둘 다 들을 수 있겠습니까?"

"장관이라는 중책을 맡기에는, 그리고 대통령을 꿈꾸기에는 아직 모자란 부분이 많습니다. 기업에서 더 경험을 쌓고 나라를 위해 헌신하겠습니다."

"이건 분명 예의를 차린 답인 것 같습니다. 그럼 솔직한 대답은 무엇입니까?"

"제 꿈을 담기에 청와대는 너무 작은 그릇입니다."

"하하, 하하하하! 이거이거 제대로 한 방 맞았습니다."

정제국이 통쾌하게 웃음을 터뜨렸다.

불쾌함을 나타내도 이상하지 않은 상황이다.

최치우는 현직 대통령 앞에서 자신은 대통령 자리로도 만족할 수 없다는 말을 한 것이다.

하지만 정제국은 납득했다는 듯 고개를 끄덕거렸다.

"최 대표님의 야망과 패기는 내 생각 이상입니다. 그래서 서운하기도 하고, 한편으로는 기쁘기도 합니다."

"우선 국내에서 현기 자동차와 오성그룹부터 이기겠습니다. 그리고 세계에서 아마존, 애플, 벤츠, BMW 등 무수한 경쟁자들을 꺾고 누구도 넘볼 수 없는 최고가 되겠습니다."

"말만 들어도 가슴이 뜁니다. 확실히 대통령 되는 것보다 더 어려운 목표인 것 같습니다."

"모두 불가능하다고 말하는 꿈을 이루고 나면, 그 뒤에는 나라를 위해 일할 기회를 마다하지 않겠습니다."

"알겠습니다. 사실 내가 최 대표님에게 무리한 부탁을 했는데 양해해 주면 고맙겠습니다."

"아닙니다. 대통령님의 뜻깊은 제안, 남몰래 간직하고 있겠습니다."

"장관은 아니라도 국정 운영의 파트너로 생각하겠습니다."

"감사합니다."

새로운 정부의 운영을 놓고 펼쳐진 독대가 끝났다.

불과 5분이지만, 최치우와 정제국은 나라의 미래를 놓고 아슬아슬한 줄다리기를 했다.

"그럼 서울에서 다시 봅시다, 최 대표님."

정제국이 먼저 방에서 나갔다.

최치우는 혼자 남아 턱 밑을 쓰다듬었다.

"청와대의 주인이 된다. 그리고 대한민국을 세계 초일류 국가로 만든다. 매력적이군."

정제국과의 대화는 최치우에게 또 다른 화두를 남겼다.

그는 진흙탕 같은 정치판에 일말의 미련도 없었다.

여당, 야당이 나뉘어 싸우는 틈바구니에 끼고 싶지도 않다.

만약 올림푸스와 퓨처 모터스를 세계 최고의 기업으로 키우면 정치 다툼 없이 청와대로 직행할 수 있다.

그 누구도 감히 태클을 걸 수 없는 절대적 존재가 되면 문제가 간단해진다.

"일단은 홍콩에서도 대박을 내야지."

최치우는 현실을 도외시하지 않았다.

홍콩의 파티를 무사히 끝내고, 제우스 S가 중국에서 몇십만대 팔리는 기틀을 닦아야 한다.

26살에 장관 제의를 받고도 바로 거절하는 최치우가 과연 어떤 미래를 열어갈지.

세상은 아직 최치우의 진면목을 전부 확인하지 못했다.

올림푸스의 역사는 현재 진행형으로 흐르고 있었다.

                    *   *   *

월드 투어를 마치고 한국으로 돌아온 최치우는 때아닌 소문에 시달렸다.

정제국 대통령이 최치우에게 과기부 장관 자리를 제안했다는 소문이 퍼진 것이다.

이미 유력 일간지에서 1면으로 기사가 나갔다.

원래도 바쁜 올림푸스 홍보팀은 기자들의 빗발치는 문의 전화에 업무가 마비됐다.

최치우는 분명 홍콩에서 정제국 대통령의 제안을 거절했다.

장관뿐 아니라 차기, 혹은 차차기 대권을 노리라는 이야기마저 뒤로 물렸다.

자신의 꿈을 담기에 청와대는 너무 작은 그릇이라는 말까지 했다.

그럼에도 불구하고 이런 뉴스가 터진 건 불쾌하기 짝이 없었다.

"청와대에 정식으로 항의를 하시겠습니까?"

월드 투어 내내 최치우와 동행한 임동혁이 질문을 던졌다.

그 역시 심각한 얼굴이었다.

정치권에 잘못 엮이면 기업 이미지가 망가진다.

수면 아래에서 최치우가 막강한 영향력을 행사하는 것은 아무 문제가 안 된다.

하지만 그의 이름이 정치와 연관되어 논쟁거리가 되면 좋을 게 하나도 없다.

정제국 대통령을 싫어하는 국민들은 최치우와 올림푸스까지 싸잡아 미워하게 될 것이다.

반대의 경우도 마찬가지다.

그렇기에 최치우는 아직 정치와 얽히는 것은 때가 아니라고 판단했다.

여당, 야당의 도움을 빌리지 않고 혼자서 신당을 만들어 대권을 먹을 정도가 아니라면 정치권에 발을 디디지 않는 게 낫다.

"돈으로 따지면 얼마나 손해를 봤을까요?"

최치우는 화를 눌렀다.

쉽게 흥분하는 건 하수의 버릇이다.

고수는 극단적인 분노도 다스릴 줄 안다.

대신 누구보다 차갑고 확실하게 빚을 갚는 것이 고수의 법도다.

"아직 확정 기사가 아니기 때문에 큰 타격은 없습니다. 다만 대표님의 인기를 이용해 정권 초기 지지율을 높이려는 의도가 너무 명확해 보입니다."

"기자들에게 알림을 주세요. 제안을 받았으나 정중히 고사했다고."

"아예 사실무근이라고 하는 게 낫지 않겠습니까?"

"이미 뉴스가 많이 났습니다. 어설픈 거짓말은 결국 들킬 겁니다. 그리고 26살에 장관 제안을 받았다는 사실도 알려져서 나쁠 건 없죠."

"그럼 기자들에게 해명만 하고, 이대로 넘어가시는 걸로 알겠습니다."

"아니, 그건 곤란합니다."

최치우가 임동혁을 제지했다.

그의 얼굴에는 짙은 미소가 떠올랐다.

화를 참고 웃을 때 진짜 무서운 일이 벌어진다.

임동혁은 저도 모르게 식은땀을 흘렸다.

"청와대가 내 이름을 함부로 흘려서 장사를 했으니… 적당한 대가는 받아야죠. 세상에 공짜가 어딨습니까."

"대표님이 직접 통화하시겠습니까?"

"이런 일로 대통령과 직통하는 건 말이 안 되고, 비서실장 연결해 주세요."

"알겠습니다. 잠시 나갔다 오겠습니다."

임동혁이 고개를 끄덕이고 대표실 밖으로 나갔다.

최치우는 사소한 해프닝으로 정제국 대통령과 척을 질 생각이 없었다.

그러나 계산은 정확해야 한다.

이번 일은 100% 청와대의 실수다.

실수를 그냥 넘어가면 계속 그래도 되는 줄 알고 버릇이 나빠진다.

새로운 정권이 들어선 지 한 달이 됐다.

초장부터 기선을 제압해야 남은 5년이 편할 것 같았다.

똑똑—

노크 소리가 들렸다.

보나 마나 임동혁일 것이다.

"들어오세요."

"대표님, 대통령 비서실장 연결돼 있습니다."

임동혁은 그사이 청와대와 전화를 연결했다.

물론 아무나 비서실장과 통화를 할 수는 없다.

중요한 용건이 있고, 합당한 자격을 갖췄어도 며칠은 기다려야 할지 모른다.

하지만 올림푸스는 프리 패스다.

청와대도 자신들의 실수를 인지하고 있을 것이다.

그렇기에 더더욱 빨리 최치우와 통화를 하고 싶을 수밖에 없다.

"비서실장님, 올림푸스의 최치우입니다."

─대표님! 말씀 정말 많이 들었습니다. 언론 보도를 보고 놀라셨을 텐데… 청와대를 대표해 사과를 드립니다.

비서실장은 말을 빙빙 돌리지 않았다.

그는 대통령을 제외하면 청와대 서열 1위다.

어떤 측면에선 국무총리나 여당 대표보다 더 많은 권력을 잡은 사람이다.

그런데 최치우의 목소리를 듣자마자 사과부터 한 것이다.

"조금 놀라긴 했습니다. 어떻게 된 일인지 여쭤봐도 되겠습니까?"

─홍보수석실 선임행정관이 친한 기자들과 술자리에서 실언을 한 모양입니다. 대표님께서 제안을 받아들일 거라 미리 예단한 것 같습니다.

"기자들에게는 저희 홍보팀에서 해명을 하겠습니다. 제안을 받은 것은 사실이나 정중하게 거절했다는 메시지를 보내겠습니다."

―청와대도 곧 입장을 발표할 예정입니다. 다시 한번 사과의 말씀을 드립니다. 대통령께서도 곤혹스러워하셨습니다.

"실수인 것을 받아들입니다."

―이해해 주셔서 감사합니다, 대표님.

"비서실장님, 저희가 조만간 청와대에 부탁드릴 게 있을 것 같습니다."

―부탁이라 하시면…….

"올림푸스 사옥 건축과 관련된 일입니다. 시간을 내주시면 긴밀히 논의드리고 싶습니다."

―아, 알겠습니다. 언제든 편하게 연락을 주십시오.

"조만간 인사드리겠습니다."

최치우는 전화를 끊고 임동혁을 향해 한쪽 눈을 찡긋거렸다.

청와대는 올림푸스의 부탁 한 가지를 들어줄 수밖에 없다.

비서실장이 실수를 인정했고, 최치우가 분명한 대가를 요구했기 때문이다.

은근슬쩍 예의를 갖춰 말했지만 최치우의 뜻은 분명했다.

실수의 대가를 치르고 공정하게 거래를 하자는 것이다.

산전수전 다 겪은 비서실장이 못 알아들었을 리 없다.

"대표님, 그런데 우리 사옥을 새로 지으실 겁니까?"

"직원들이 점점 늘어나는데 여긴 좀 좁잖아요. 건물을 통째로 사고, 별도의 사옥 건설도 추진할 때가 됐습니다."

"청와대에는 어떤 부탁을 하실 생각이신지 궁금합니다."

"서울 시내의 공공 부지를 매입해서 사옥을 짓는 게 제일 깔끔하죠. 토지 보상이나 부동산 문제도 없고."

"일이 잘 풀리면 말실수를 한 청와대 행정관에게 밥이라도 사야겠습니다."

"하하하! 그게 그렇게 되나요? 하긴, 그 사람 실수 덕분에 청와대가 우리 부탁을 들어주게 됐으니. 나중에 밥 한번 사죠."

최치우와 임동혁이 서로를 쳐다보며 유쾌하게 웃었다.

기분 나쁜 사건이 벌어졌지만, 최치우는 그 와중에도 올림푸스의 이익을 최대한 챙겨왔다.

확실히 그는 뼛속까지 CEO가 된 것 같았다.

청와대마저 손쉽게 좌지우지하는 최치우에게 대한민국은 좁은 무대였다.

＊　　　　＊　　　　＊

최치우는 사무실로 출근하지 않았다.

대신 거실에 랩탑 컴퓨터를 올려놓고 여러 자료를 검토하고 있었다.

그의 결재를 기다리는 서류와 자료는 줄어들지 않는다.

최근에는 올림푸스 사옥 건설을 위한 부지와 부동산 매입

문제까지 추가됐다.

"임원 발령이 나면 좀 낫겠지."

최치우는 봄이 되기 전에는 반드시 임원 발령을 내려고 마음먹었다.

백승수와 김지연 팀장 등 내부에서 승진을 시키고, 외부의 전문가들도 대거 발탁할 계획이다.

그래야만 업무가 분산될 것 같았다.

최치우 덕분에 밤낮을 잊고 워커홀릭이 된 임동혁도 숨 돌릴 틈이 필요하다.

"머리 좀 식히자."

복잡한 금융 결재 서류와 부동산 서류를 검토하던 최치우가 한숨을 내쉬었다.

그는 클릭 몇 번으로 화면을 바꿨다.

모니터에는 세계 곳곳의 기이한 자연 현상이 떠올랐다.

상식을 벗어난 자연재해의 이면에는 정령이 자리 잡고 있다.

최치우는 오랜만에 대어급 정령을 소멸시켜 쓸 만한 소울 스톤을 얻고 싶었다.

원래 퓨처 모터스의 월드 투어에서도 소울 스톤을 찾으려 했다.

하지만 예상보다 공식 행사 일정이 빽빽해 짬을 내기 어려웠다.

소울 스톤 발전소는 올림푸스를 상징하는 히트 상품이 됐다.

사실 이제 겨우 두 개의 발전소를 지었을 뿐이다.

그나마 라이프치히에 건설 중인 발전소는 공사가 한창이다.

정상적으로 가동이 되는 발전소는 광명의 1호 하나였다.

그러나 온 세상이 소울 스톤 발전소를 주시하고 있다.

오직 올림푸스만 가능한 기술로 친환경 대체에너지의 새로운 장을 열었기 때문이다.

올림푸스와 퓨처 모터스의 합산 시가총액이 100조를 돌파하는데 가장 큰 공을 세운 비즈니스도 역시 소울 스톤 발전소였다.

소울 스톤만 꾸준히 수급되면 무궁무진한 가능성을 지닌 친환경 사업이다.

한동안 최치우는 독일의 발전소 협상을 마무리 짓고, 퓨처 모터스를 돕느라 바빴다.

하지만 소울 스톤을 찾는 일을 마냥 미룰 순 없다.

"콜로라도에 싱크홀이 연달아 생기는 건… 아무래도 대지의 정령이 움직이는 것 같군."

최치우는 내셔널 지오그래픽의 최신 뉴스를 꼼꼼히 살폈다.

싱크홀은 아무 이유 없이 땅이 움푹 파이는 현상을 말한다.

대도시의 도로에서도 가끔 일어나는 자연재해다.

서울에서도 싱크홀이 화제가 된 적이 여러 번 있었다.

그러나 콜로라도의 싱크홀은 보다 심각한 문제였다.

국립공원의 땅이 마치 지진이라도 난 것처럼 푹 꺼진 사진을 보니 정령의 소행 같았다.

"대지의 정령은 상당히 까다로운데."

최치우는 아슬란 대륙에서 대지의 정령을 본 적이 있었다.

불의 정령과 물의 정령이 순수한 전투에 집중한다면 대지의 정령은 약삭빠르고 교활하다.

지형지물을 이용해 상대를 교란하는 데 선수다.

"다음은 여기다."

최치우는 목적지를 정했다.

콜로라도에서 싱크홀을 만든 대지의 정령을 찾아내서 소멸시킨다.

올림푸스는 물과 불의 정령에서 나온 소울 스톤으로 두 개의 발전소를 지었다.

과연 대지의 정령에서 얻은 소울 스톤은 어떻게 에너지를 내는지 궁금해졌다.

우웅— 우우웅—

최치우가 한창 집중하고 있는 순간, 부엌의 폰이 울리며 산통을 깼다.

거실 소파에 앉은 최치우는 고개도 돌리지 않았다.

그저 왼손을 부엌으로 뻗으며 7서클 마법을 캐스팅했다.

"플래시!"

부엌의 폰이 순식간에 최치우의 왼손에 잡혀 진동을 토해냈다.

어려운 난이도의 7서클 마법이 완전히 손에 익었다.

마법 클래스는 낮지만, 숙련도로 따지면 아슬란 대륙의 현자 제로딘으로 살 때 못지않았다.

"음, 급한 일 아니면 연락하지 말라고 했는데……."

최치우는 폰에 뜬 이름을 보며 눈살을 찌푸렸다.

오늘은 혼자 조용히 업무에 집중하고 싶어 웬만한 연락은 미리 거절했다.

그 사실을 누구보다 잘 아는 임동혁이 전화를 건 것이다.

좋은 쪽이든 나쁜 쪽이든 심상치 않은 일이 터졌다는 뜻이다.

"여보세요."

―대표님, 강남에서 덤프트럭으로 습격을 한 놈들의 신원을 알아냈습니다.

뜻밖의 소식이었다.

최치우는 눈을 크게 뜨고 물었다.

"누구였습니까?"

―중국 공안 특수부대 출신이었습니다.

"중국에서 나를?"

―공안 소속은 아닙니다. 특수부대를 뛰쳐나와 용병으로 활동하는 경우가 있다고 합니다. 무척 몸값이 비싸다고 하는데……. 두 사람 다 혼수상태라 누구의 사주를 받았는지 조사는 못 하고 있습니다.

최치우는 괴한 두 명을 너무 강하게 제압했다.

그나마 죽이지 않은 게 다행이지만, 둘은 여전히 의식불명 상태였다.

"비싼 돈을 치르고 중국 특수부대 출신을 고용해 나를 죽이려는 게 누구일까요?"

—대표님…….

"뻔하죠. 독일에서 탈탈 털린 네오메이슨이 이제 막 나가는 거 아니겠습니까."

—대표님의 어머님을 경호하는 인력을 충원했습니다. 24시간 빈틈없이 경호하게끔 단단히 일러두겠습니다.

"고맙습니다. 추가로 소식 나오면… 잠시만, 다른 전화가 오네요. 이슈 더 없죠?"

—네.

"그럼 전화 바꿔서 받을게요."

최치우는 버튼을 눌러 뒤늦게 걸려온 전화를 연결했다.

임동혁의 용건은 전부 들었기 때문이다.

"최치우입니다."

—최 대표님, 큰일났습니다!

말투만 듣고도 누구 전화인지 알 수 있었다.

독도에서 해저 가스 하이드레이트 사업단을 이끌고 있는 정기석 단장이다.

그가 이렇게 다급한 목소리로 전화를 걸 일은 거의 없다.

최치우는 불길한 예감을 느끼며 자초지종을 물었다.

"단장님, 무슨 일입니까?"

—배가 뒤집혀가 12명이 실종됐십니다. 그리고 난리가 나서 독도에 세워둔 시추 기계로 접근이 안 되는 상황입니다. 이걸 대체 어쩌면 좋겠십니까…….

사고 소식이다.

바로 그때, 하급 물의 정령 운딘의 경고가 최치우의 뇌리를 스치고 지나갔다.

[정령의 대적이여, 너에게 심판을 내릴 것이다.]

운딘의 입을 빌린 정령왕의 경고가 실현된 것 같았다.

최치우는 자리를 박차고 일어나며 소리쳤다.

"구조대를 보내면 더 많은 희생자가 생길 겁니다. 지금 당장 울릉도로 내려가겠습니다!"

5장

물의 정령왕

　─긴급 속보입니다. 독도 인근 동해의 이상기류로 우리 정부의 연구선 한 척이 조난을 당했습니다. 현재 선원과 연구원을 포함해 총 12명이 실종 상태입니다. 심각한 기상 악화로 구조대가 출동하는 것조차 어려운 상황이라고 합니다. 울릉도 현장의 김대기 기자, 연결해 보겠습니다!

　뉴스 앵커가 다급한 목소리로 현장 기자를 연결했다.
　울릉도 선착장의 기자는 무척 심각한 얼굴이었다.
　12명의 실종은 보통 사고가 아니다.
　얼음장처럼 차가운 겨울 동해에 빠지면 금방 저체온증으로 사망하게 된다.

구조대도 출동하지 못했기에 그들은 모두 사망했을 확률이 높다.

하지만 화면에 잡힌 울릉도의 날씨는 너무 좋았다.

하늘에 비는커녕 구름 한 점 없이 맑았고, 바람도 강하게 불지 않았다.

아이러니한 현상이다.

울릉도 날씨가 이렇게 평온한데 독도 인근 해역에서만 난리가 난 것이다.

상식적으로 이해하기 힘들었다.

뉴스 앵커도 그 부분을 질문했다.

―김대기 기자, 지금 보기로 울릉도의 기상 상황은 나쁘지 않은 것 같습니다. 그런데 구조대가 출동하기 어렵다는 것입니까?

―그렇습니다. 선착장에서 구조선이 출항해도 사고 인근 해역 근처로 진입이 어렵다고 합니다. 때때로 파도의 높이가 7m 이상 치솟기도 합니다. 강풍 역시 심각해 헬기의 실종자 탐색 작업도 원활하게 이뤄지지 못하고 있습니다.

―그곳에 우리 정부의 시추 기계가 건설되어 있지 않습니까?

―독도의 해저 가스를 채취하는 시추 기계도 고립됐습니다. 현재 시추 기계에 스무 명가량의 연구원이 남아 있는 걸로 파악이 됐습니다. 기상 악화가 계속되면 식량과 식수의 부족 등 여러 문제가 발생할 수 있습니다.

―매우 심각한 상황이군요. 알겠습니다. 현장의 김대기 기자였

습니다.

뉴스를 보는 국민들도 발을 동동 구를 수밖에 없을 것 같았다.

최치우는 묵호에서 울릉도로 이동하는 배 안에서 뉴스를 봤다.

겨울에 울릉도로 떠나는 사람은 많지 않다.

그렇기에 배의 객실 내부는 휑하게 비어 있었다.

얼마 안 되는 승객들은 하나같이 한숨을 내쉬었다.

그나마 울릉도에는 별일이 없지만, 국가적 재난 사고가 또다시 발생했기 때문이다.

최치우는 손가락으로 의자 팔걸이를 두드리며 고민을 거듭했다.

'특정 지역에만 발생한 자연재해. 이 정도의 파괴력이면… 정령왕이 틀림없어.'

정령왕은 자신만의 이름을 가지는 특별한 존재다.

최상급 정령들도 인격을 지니지만, 모두 똑같은 이름을 사용한다.

그에 반해 정령왕은 단 하나밖에 없는 이름을 스스로 결정한다.

만약 정령왕이 소멸하면 어떻게 될까.

아슬란 대륙의 오랜 역사에 몇몇 기록이 남아 있다.

정령왕이 소멸하면 해당 속성의 정령들은 꽤 오랜 기간 활동을 멈춘다.

덕분에 정령으로 인한 재해와 이상 현상은 일어나지 않게 된다.

예를 들어 물의 정령왕이 소멸하면 수난(水難)은 상당히 줄어들 것이다.

대신 불의 정령이나 대지의 정령 등 다른 속성의 정령들은 더더욱 활개 치게 된다.

그만큼 자연의 균형은 깨질 수밖에 없다.

모든 일이 그렇듯 정령왕의 소멸에도 장점과 단점이 공존한다.

그리고 일정 시간이 지나면 최상급 정령 중 특별한 힘을 얻은 존재가 새로운 정령왕이 된다.

최치우는 정령왕의 소멸을 염두에 두고 있었다.

물의 정령왕을 그대로 놔두면 독도의 바다는 아수라장이 될 것이다.

정령왕은 노골적으로 최치우를 부르고 있었다.

이미 운딘의 경고까지 받았던 최치우가 피할 수는 없는 노릇이다.

어떻게 보면 최치우 때문에 가스 사업단 연구원들이 피해를 입었다.

12명이나 실종된 사고로부터 자유로울 수 없다.

게다가 독도 해저 자원 개발은 지금의 최치우를 있게 만든 첫 번째 프로젝트다.

가시적인 성과가 코앞으로 다가왔는데 정령왕의 난동으로

자칫 물거품이 되게 생겼다.

"반드시 막아야 해. 막을 수 있는 사람은 나밖에 없다."

최치우는 주먹을 꽉 쥐며 각오를 다졌다.

이유 여하를 막론하고 그는 정령 헌터가 됐다.

정령은 자연의 균형을 수호하는 역할을 지니고 있지만, 한편으로는 재난을 일으키는 천덕꾸러기다.

그래서 정령을 소멸시키고, 소울 스톤으로 친환경 대체에너지 개발을 시작한 걸 후회하지 않는다.

그로 인해 발생하는 사건은 최치우 스스로 책임지는 수밖에 없다.

'제발 더 큰 피해만 없기를……'

최치우는 기도하는 마음으로 창밖을 쳐다봤다.

묵호에서 울릉도로 향하는 바닷길은 잠잠했다.

그런데 같은 동해에서 해일 수준의 파도가 친다는 게 믿기지 않았다.

따지고 보면 최치우의 존재 자체도 믿을 수 없는 일이다.

세상에는 상식으로, 또 과학으로 이해가 불가능한 사건이 꽤 자주 벌어진다.

다만 우리가 모르고 넘어갈 뿐이다.

최치우는 세상의 이면에 도사리는 미스터리를 정확히 이해하고 있는 유일한 인간이다.

7번의 환생을 마친 최치우가 바로 미스터리의 화신이기도 하다.

그를 태운 여객선이 곧 울릉도에 도착한다.

지구 역사에서 최초로 인간과 정령왕이 싸우는 순간이 다가오고 있었다.

*   *   *

"대표님—!"

우렁찬 목소리가 선착장을 쩌렁쩌렁하게 울렸다.

하지만 평소처럼 호탕한 기운이 느껴지진 않았다.

최치우를 부르며 달려온 정기석의 얼굴에는 근심이 가득했다.

"이렇게 한달음에 달려오시고, 이 고마움을 뭐라 말해야 될지 모르겠습니다."

"당연한 일이죠. 현재 상황은 어떻습니까?"

"일단 뒤집힌 배는 레이더로 위치를 찾았습니다. 나중에 인양을 할지 말지는 정부 결정이고, 실종자들은……."

정기석이 말을 잇지 못했다.

죄인처럼 고개를 푹 숙인 그는 금방이라도 눈물을 뚝뚝 떨어뜨릴 것 같았다.

남자답기로 둘째가라면 서러운 정기석이지만, 아끼는 후배들을 잃은 슬픔은 감당하기 힘들어 보였다.

"우선 수습부터 해야 합니다. 슬픔은 그 뒤에 함께 나누겠습니다."

최치우는 어른스럽게 정기석을 위로했다.

아직 사고는 끝나지 않았다.

파도가 잦아들지 않으면 시추 기계에 고립된 연구원들도 위험해진다.

2일을 견딜 수 있는 식수와 비상식량이 떨어지면 하루하루가 위기다.

12명을 안타깝게 잃었지만, 남은 20명은 지켜야 한다.

최치우는 정기석을 쳐다보고 위험한 제안을 했다.

"단장님, 내일 아침 일찍 구조선 한 척만 움직이게 해주세요."

"구조선을 움직이는 건 어렵지 않지만… 사고 해역이나 시추 기계로 접근이 어렵습니다."

"괜찮습니다. 문제의 해역에 최대한 가까이 접근하면 됩니다. 무리하게 풍랑을 뚫고 들어가지 않을 겁니다."

"바다에서 현장을 직접 보셔도 뾰족한 수가 없을 것 같습니다. 대표님도 위험해질 수 있으니 조금 기다리시는 게 좋아 보입니다."

최치우는 정기석을 설득해야 했다.

독도의 바다로 나가서 정령왕과 싸우면 파도가 잠잠해질 거란 말을 할 순 없다.

그랬다간 아무리 최치우를 존경하는 정기석이라도 정신병원에 신고를 할 것이다.

"올림푸스에서 비밀리에 개발한 장치가 있습니다. 자연재해를 해소하는 특수 장비인데… 지푸라기라도 잡는 심정으로 실험을 해보려 합니다."

"정말 그런 게 있다는 말씀이십니까?"

"그래서 소식을 듣자마자 울릉도로 내려온 겁니다. 저를 믿고 배 한 척만 빌려주십시오, 단장님. 더 이상 누구도 다치게 만들지 않겠습니다."

최치우의 호소가 정기석 단장의 마음을 흔들었다.

어차피 밑져야 본전이다.

더군다나 최치우는 특별한 기술력으로 100조 가치의 회사를 이뤄낸 장본인이다.

올림푸스가 자연재해를 해소하는 장비를 만들었다는 사실이 허무맹랑하게 들리지 않았다.

다른 회사라면 몰라도 올림푸스는 소울 스톤 발전소를 짓는 곳이다.

신개념 해독제 프로메테우스는 또 어떤가.

발명하여 내놓는 것마다 세계를 놀라게 한 회사인 올림푸스의 주인이 눈앞에 서 있다.

정기석은 이 기회를 놓칠 정도로 어리석지 않았다.

"알겠십니다. 최 대표님이 말씀하신 지푸라기, 저도 같이 잡아보겠십니다."

"출항은 내일 오전 7시로 하겠습니다. 배를 조종하는 선원 말고 다른 인력은 필요 없습니다."

"준비 단디 해두겠십니다."

"오늘은 사고 해역 좌표와 기상 데이터를 분석해 보죠."

최치우는 능숙하게 리더십을 발휘했다.

패닉 상태에 빠져 있던 정기석도 최치우를 만나고 안정을 되찾았다.

진짜 리더십은 절체절명의 위기에서 빛을 발하는 법이다.

최치우는 운이 좋아서, 혹은 다른 차원에서의 경험 때문에 100조 기업을 만든 게 아니었다.

강인한 영혼과 시련에도 굴하지 않는 리더십, 그게 최치우를 26살의 글로벌 대기업 오너로 만든 원동력이다.

최치우는 목숨을 걸고 독도와 동해를 위기에서 구해낼 것이다.

정기석과 나란히 걸어가는 그의 뒷모습이 커다란 산처럼 느껴졌다.

*　　　　*　　　　*

아침이 밝았다.

최치우는 어제 일찍 잠자리에 들었다.

사실 잠이 잘 오지 않았다.

다른 존재도 아닌 정령왕과 바다 한복판에서 싸워야 되기 때문이다.

최상급 물의 정령 아도니스와의 전투도 치열했다.

한 끗만 실수해도 목숨을 잃는 것은 최치우였을 것이다.

그런데 아도니스보다 더 강한 정령왕과 땅이 아닌 바다에서 부딪치게 생겼다.

부담을 느껴 잠을 설치는 게 당연하다.

그러나 최치우는 운기조식으로 온몸의 긴장을 풀고, 충분한 휴식을 취했다.

1%가 아닌 0.1%의 차이로 생사가 갈릴 것이다.

그렇기에 컨디션 관리는 필수였다.

'그때의 내가 아니다.'

단단해 보이는 구조선에 몸을 실은 최치우가 스스로 자신감을 불어넣었다.

최치우는 베네수엘라에서 아도니스와 싸울 때보다 훨씬 더 강해졌다.

7서클 마법의 벽을 넘었을 뿐 아니라 완벽하게 익숙해졌다.

무공과 마법을 조화시키는 최치우만의 창의적인 전투도 물이 올랐다.

과거에는 방어적인 금강나한권이 무공의 전부였지만, 이제는 패도적 살초로 가득한 권왕의 아랑권도 자유자재로 펼칠 수 있다.

펜타곤과 함께 만든 미쓰릴 필드라는 희대의 발명품은 언제 어떻게 쓰일지 모른다.

그야말로 정령왕과 싸우기 위한 최적의 준비를 탄탄하게 해 온 셈이다.

마치 언젠가는 이런 날이 올 줄 알았다는 듯이.

"대표님, 첫째도 몸조심! 둘째도 몸조심! 무사히 돌아오실 거라 믿고 있겠십니다!"

기어코 배를 타는 순간까지 배웅을 나온 정기석이 목소리를 높였다.

최치우는 엷은 미소를 지으며 고개를 끄덕였다.

"최선을 다하고 돌아오겠습니다."

정기석은 선착장에 서서 계속 손을 흔들었다.

최치우는 순간 지구를 구하러 떠나는 영화 속 슈퍼 히어로가 된 기분이 들었다.

심각한 상황이지만 정기석의 진지한 모습 덕에 웃음이 나왔다.

뿌우우우—

구조선이 경적을 울리며 선착장을 떠나 동해로 나아갔다.

배를 움직이는 선원들은 잔뜩 긴장한 표정이었다.

사고 해역에서는 여전히 미친 듯이 바람이 불고, 해일 수준의 파도가 모든 선박의 접근을 차단하고 있다.

그런데 최치우 때문에 사고 해역 근처로 항해를 하게 된 것이다.

혹시라도 해류에 휩쓸릴까 불안할 수밖에 없었다.

그러나 최치우는 다시 한번 선원들을 안심시키며 당부의 말을 전했다.

"어제 말한 것처럼 위험한 지역까지 무리해서 들어갈 필요는 전혀 없습니다. 육안으로 사고 해역을 볼 수 있는 경계선에서 멈춰주세요. 그리고 제가 올림푸스의 특수 장비를 쓰는 동안 모두 지하 객실에서 기다려 주면 됩니다. 절대 여러분을 위험하게 만들지 않겠습니다."

확신에 찬 최치우의 음성이 선원들을 안정시켰다.

최치우는 선원들이 배를 세우고 지하로 내려가면 바다에 뛰어들 작정이었다.

사고 해역 근처에서 마법을 펼치면 물의 정령왕이 모습을 드러낼 것이다.

아무도 접근하지 못하는 미친 바다.

울릉도에서 출발한 구조선은 1시간 30분이면 사고 해역 근처에 다다를 예정이다.

최치우는 폭풍의 중심에서 일생일대의 결전을 벌이기 위해 숨을 고르고 있었다.

*   *   *

눈으로 보고도 믿기 힘든 광경이다.

최치우를 태운 구조선은 비교적 잔잔한 물살을 가르고 독도 근처까지 진입했다.

그런데 유독 특정 지역에만 미친 듯이 파도가 치고 있었다.

육안으로도 확연하게 보인다.

한참 떨어진 바다에서 해일이라 불러도 할 말이 없는 풍랑이 일고 있었다.

구조선과 구조 헬기가 사고 해역에 들어서지 못하는 이유를 알 것 같았다.

저만한 파도와 바람 속으로 들어가면 2차 사고만 일어날 뿐이다.

"배를 멈춰주세요."

최치우가 선원들에게 지시를 내렸다.

안 그래도 선원들은 전방에 펼쳐진 미친 광경을 보고 발을 동동 구르는 중이었다.

혹시라도 더 가까이 다가서면 구조선이 풍랑에 휩쓸릴지 모른다.

최치우의 지시 덕분에 선원들은 안도의 한숨을 내쉴 수 있었다.

"이 지점에서 배가 멀리 벗어나지 않도록 자동 유지 장치를 켜고, 모두 지하 객실로 들어가면 될 것 같습니다."

"한 명도 남김없이 모두… 말씀이십니까?"

구조선의 베테랑 조타수가 질문을 던졌다.

최치우는 힘차게 고개를 끄덕이며 대답했다.

"이상기후를 다스리는 올림푸스의 장치는 미완성 단계입니다. 장치가 가동되는 현장을 보면 시력 손상을 입을지 모릅니다."

"아… 알겠습니다. 자동 유지 장치만 실행하고 다 같이 지하로 내려가 대기하고 있겠습니다."

최치우는 선원들에게 겁을 줬다.

그래야 괜한 호기심 때문에 바깥을 쳐다보지 않을 것이다.

그는 잔뜩 긴장한 선원들을 돌아보며 한 가지 당부를 덧붙였다.

"그럴 일 없겠지만, 만약 1시간이 지나도 제가 여러분을 부르지 않는다면… 그때는 지하에서 나와 울릉도로 돌아가세요."

"1시간이요?"

"네. 장치가 실패할 수도 있으니까. 그렇지 않기를 기도해 주면 고맙겠습니다."

최치우의 이야기를 들은 선원들이 비장한 표정으로 고개를 끄덕였다.

아마 그들 인생에서 가장 긴 1시간이 될 것 같았다.

최치우는 선원들이 자동 유지 장치를 켜고, 지하 객실로 내려가는 것을 지켜봤다.

쿵―!

지하 객실 안에서 문이 닫혔다.

유지 장치를 켰기 때문에 구조선은 물살에 밀리지 않고 이곳에서 1시간을 버틸 것이다.

그러나 최치우의 전장은 평온한 바다가 아니다.

그는 저 멀리 자연재해가 일어나고 있는 사고 해역으로 몸을 던질 작정이었다.

"정령왕… 진짜 대단하다, 대단해."

최치우는 갑판으로 나오며 혼잣말을 읊조렸다.

마치 시야 건너편의 바다에 보이지 않는 결계가 생성된 것 같았다.

풍랑이 치는 해역만 벗어나면 동해는 거짓말처럼 잠잠하다.

그런데 저 빌어먹을 해역 때문에 배가 뒤집히고, 독도의 시추 기계에 연구원들이 고립된 것이다.

"자연의 수호자라는 정령이 이딴 식으로 자연의 법칙을 거슬러도 된다는 말이지?"

최치우는 전의를 불태우며 두꺼운 겉옷과 신발을 벗었다.

청바지에 셔츠, 그리고 맨발이면 충분하다.

바지 주머니에는 미쓰릴로 만든 단검과 펜타곤의 필드 2개가 들어 있다.

겨울 바다의 추위는 살을 파고들지만 최치우는 조금도 개의치 않았다.

단전에서 펄펄 끓어오르는 내공이 몸을 덮혀주기 때문이다.

저체온증은 최치우와 전혀 상관이 없는 남의 이야기였다.

푸화악―!

최치우가 겁도 없이 바다로 뛰어들었다.

동해는 그에게 낯선 장소가 아니다.

벌써 몇 년 전이지만, 최치우는 동해의 끝을 모르는 심연으로 빨려 들어간 적이 있다.

그때의 경험 덕분에 마나를 다루는 스킬이 엄청나게 향상됐다.

물의 정령왕이 날고 기는 존재라도 동해는 최치우에게 엄마 품속이나 다름없었다.

파도가 넘실거린다고 해서 무조건 정령왕의 홈그라운드는 아닌 셈이다.

좌악— 좌아악!

최치우는 물살을 가르며 파도가 몰아치는 사고 해역으로 나아갔다.

수영의 전설 펠프스도 바다에서 최치우처럼 움직이지 못한다.

한계를 넘은 단단한 육체와 화산 같은 내공, 그리고 친숙한 마나가 있기에 최치우는 오히려 육지에서보다 더 빠른 속도로 헤엄쳤다.

그는 사고 해역까지 힘들게 전진할 생각이 없었다.

구조선으로부터 멀리 떨어지는 게 목표다.

그다음 물과 반대되는 속성의 마법을 펼치면 정령왕이 알아서 나타날 것이다.

'이만하면 충분하군.'

최치우는 구조선에서 한참을 떨어진 걸 확인했다.

이 정도 거리면 정령왕을 불러내 싸움을 펼쳐도 구조선이 여파에 휘말리지 않을 것 같았다.

이윽고 그가 주문을 캐스팅했다.

"인페르노—!"

헬파이어의 파괴력을 물려받은 6서클 화염 마법, 인페르노가 독도 인근 해역에서 펼쳐졌다.

캐스팅이 끝나자마자 강철도 녹이는 불꽃이 타올랐다.

최치우가 만들어낸 화염의 정수는 차가운 바닷물에 꺼지지 않았다.

오히려 넘실거리는 물결을 증발시키며 열기를 토해냈다.

'따뜻하다.'

최치우는 주위의 수온이 순식간에 오르는 걸 느꼈다.

겨울 바다가 온수풀로 변했다.

인페르노는 6서클 마법답게 바다 한가운데서도 존재감을 발휘했다.

쿠우우우웅—!

그때였다.

바다 전체가 흔들리는 듯한 충격파가 감지됐다.

동시에 파도가 거세지며 인페르노의 불꽃을 한입에 집어삼켰다.

최치우도 수면 위로 얼굴만 내놓은 채 균형을 유지했다.

태산을 움직이는 내공이 없었다면 진즉 파도에 쓸려 익사했을 것이다.

'온다—!'

이만한 기운을 내뿜을 수 있는 존재는 하나밖에 없다.

바다에서 펼쳐진 화염 속성 마법에 물의 정령왕이 곧장 반응한 것이다.

최치우는 온몸의 피가 짜릿하게 도는 기분이었다.

어쩌면 정령왕은 그가 환생하며 살아본 모든 차원을 통틀어 가장 강한 존재일지 모른다.

그래서일까.

숨길 수 없는 호승심이 일어나 정신을 지배했다.

강한 상대와 목숨 걸고 피 터지게 싸우는 것을 즐겼던 치우.

첫 번째 차원인 링스 월드를 초토화시켰던 멸망의 인도자로서 본능이 깨어난 것이다.

화아아아악!

최치우의 눈앞에서 파도가 두 갈래로 갈라졌다.

물의 정령왕은 높은 파도를 일으켜 사각형의 방벽을 만들었다.

방해를 받지 않으려는 듯 파도로 링을 만든 것이다.

[정령의 대적!]

정령왕의 의지는 귀가 아닌 가슴으로 들린다.

절규에 가까운 사자후가 최치우를 어지럽게 만들었다.

"모습을 드러내라!"

최치우도 지지 않고 목소리를 높였다.

비록 고개만 물 위로 내밀고 있지만, 한 치도 밀리지 않는 기백이 동해를 쩌렁쩌렁하게 울렸다.

그에 화답하는 것일까.

해수면 위로 뭔가 나타나고 있었다.

촤르르르륵—!

바닷물로 만들어진 푸른색 뱀이 최치우를 노려봤다.

몸통의 굵기는 1m가 넘고, 길이는 몇 미터인지 가늠도 되지 않는다.

날카롭게 찢어진 눈동자마저 푸른색으로 빛나는 뱀.

그가 바로 독도의 바다를 뒤집어놓은 물의 정령왕이다.

"물의 정령왕?"

[인간, 어찌하여 정령의 대적이 되었는가?]

묵직한 질문이 사방에서 울려 퍼졌다.

최치우는 단전의 내공을 남김없이 쥐어짜 전신으로 보내며 대답했다.

"소울 스톤이 필요하다. 정령들이 자연에 장난을 치는 것보다 훨씬 가치 있게 그 힘을 쓸 수 있으니까."

[장난?]

"산불을 키우고, 지하수를 틀어막고, 물난리를 일으키고, 바로 지금처럼!"

[그것은 장난이 아니다. 자연계의 균형을 수호하기 위한 정령의 본능이다!]

"그 본능 때문에 피해를 보는 사람들이 너무 많아서 용납할 수가 없어. 그리고……."

최치우는 일촉즉발의 사태임을 직감했다.

언제라도 말이 끊기고 전투가 시작될지 모른다.

그렇기에 무공과 마법을 당장 펼칠 수 있게 만반의 준비를 하고 있었다.

"그리고 모든 생명에겐 천적이 있지. 하지만 이 세계에서는 정령들을 다스리는 정령술사도 없고, 천적도 존재하지 않는다. 그렇다면 나 같은 천적이 하나쯤 있는 것도 나쁘지 않잖아?"

[건방진 인간이여. 우라노스의 이름으로 너를 징벌하겠노라.]

물의 정령왕, 그가 스스로 선택한 이름은 우라노스였다.

최치우에게도 낯설지 않은 이름이다.

그리스 신화에 나오는 천공의 신이 우라노스이기 때문이다.

예로부터 하늘과 바다는 하나로 통한다고 여겨졌다.

그래서일까.

물의 정령왕 우라노스는 그리스 신화 속 절대자처럼 막강한 권능을 휘두를 것 같았다.

"소멸의 두려움을 느끼게 해주지."

최치우는 조금도 위축되지 않았다.

차가운 바닷물, 거칠게 넘실거리는 파도가 점점 편안하게 느껴졌다.

'여기서 죽으면… 정말 끝일지 모른다.'

어차피 죽어도 다른 차원에서 환생할 거란 생각은 들지 않았다.

신의 대리인 아바타는 분명한 경고를 남겼다.

만약 이번 차원에서 깨달음을 얻지 못하면 최치우의 영혼은 영원히 소멸할지 모른다.

최치우도 다른 평범한 인간들처럼 소멸의 공포를 느낄 수밖에 없다.

하지만 두려움보다 짜릿함이 앞선다.

강한 상대를 만날수록 흥분하는 것도 불치병이다.

콰아앙—!

이제 시작이다.

우라노스는 뱀의 형상을 했지만, 용(龍)이라고 해도 할 말이 없을 정도다.

길고 커다란 꼬리가 수면 위로 떠오르니 마치 집채만 한 파도가 일어난 것 같았다.

쿵!

우라노스의 꼬리는 어마어마한 파괴력으로 최치우를 덮쳤다.

방금까지 최치우가 고개를 내밀고 있던 자리가 와장창 부서졌다.

겉보기엔 우라노스의 꼬리 한 방으로 싸움이 끝난 것 같았다.

우라노스가 파도를 일으켜 사각형 방벽을 만든 수고가 무색했다.

푸확―!

그때 물줄기가 치솟으며 바다에서 뭔가 솟구쳐 올랐다.

우라노스의 공격을 버틴 최치우가 수면을 박차고 높이 떠오른 것이다.

"윈드 스피어!"

바람의 창이 생성됐다.

한 개가 아니다.

허공에 뜬 최치우의 좌우로 10개가 넘는 바람의 창이 만들어졌다.

슈슈슈슈슉!

비록 5서클 마법이지만 윈드 스피어는 손꼽히는 공격 마법이다.

게다가 10개가 넘으면 시너지 효과가 엄청나다.

퍼펑—! 퍼퍼퍼펑—!

바위도 부수는 바람의 창이 연달아 우라노스의 몸통을 때렸다.

그러나 상대는 정령왕이다.

이만한 공격으로 타격을 입히긴 힘들다.

우라노스는 공중에서 다시 수면으로 떨어지는 최치우를 향해 권능을 뿜어냈다.

[감히 바다에서 나를 대적하느냐—!]

두개골을 울리는 포효가 물줄기를 일으켰다.

좌락—! 좌라라락!

바다에서 용솟음친 물줄기가 밧줄처럼 최치우의 팔과 다리를 붙잡았다.

피할 틈도 없었다.

최치우는 순식간에 바닷물에 사지를 결박당했다.

'아랑권!'

위기의 순간, 최치우는 권왕의 아랑권을 펼쳤다.

패도적이고 날카로운 권기(拳氣)로 물줄기를 잘라내는 수밖에 없다.

그러나 우라노스가 한발 빨랐다.

뱀 형상의 입이 쩌억 갈라졌고, 그 틈에서 물대포가 직선으로 쏘아졌다.

쫘아앙!

사지가 묶인 최치우는 우라노스의 물대포를 정통으로 맞았다.

첨벙―!

그의 몸이 끈 떨어진 연처럼 바다 깊이 처박혔다.

평범한 인간이었다면 물대포에 맞는 즉시 온몸이 갈기갈기 찢어졌을 것이다.

최치우는 절정의 내공으로 무장했지만, 내장이 터지는 듯한 고통을 느꼈다.

'더럽게… 강하다!'

정령왕은 역시 차원이 다른 존재다.

현대의 지구에 이런 괴물이 있다는 게 믿기지 않을 지경이었다.

'이대로는 승산이 없어.'

최치우는 바다에 빠진 채 통증을 다스리며 현실을 직시했다.

마법과 무공을 조화시켜 최상급 물의 정령 아도니스를 이겼지만, 정령왕 우라노스에게는 통하지 않을 것 같았다.

정공법으로는 답이 없다.

위험해도 무리수, 혹은 승부수를 던지는 수밖에.

쫘악!

최치우는 바지 주머니에서 미쓰릴 필드를 꺼냈다.

다행히 물대포에 맞아 처박히는 과정에서 미쓰릴 단검과 미쓰릴 필드를 잃어버리지 않았다.

'여기에 모든 걸 건다!'

최치우가 내공을 쏟아내며 물살을 갈랐다.

수면 위로 떠오른 그는 우라노스의 눈을 똑바로 쳐다봤다.

[고통의 시간만 길어질 뿐이다, 인간.]

우라노스는 여유로웠다.

자신이 최치우보다 강하다는 걸 확실히 인지하고 있었다.

그때 최치우가 미쓰릴 필드를 손에 쥐고 외쳤다.

"이거나 처먹어!"

6장
삼위일체

무공과 마법을 동시에 펼칠 수 있는 사람은 어디에도 없다.

모든 차원을 통틀어 최치우가 유일할 것이다.

그럼에도 불구하고 물의 정령왕 우라노스를 대적하긴 힘들었다.

자연재해를 일으키는 8서클 마법을 펼칠 수 있다면 이야기가 다르겠지만, 지금으로선 무리다.

그렇다고 가만히 앉아서 패배를, 그리고 죽음을 받아들일 순 없다.

최치우는 무공과 마법의 조화에 한 가지 힘을 덧씌웠다.

바로 과학이다.

현대는 과학이 극도로 발달한 세계다.

기계 문명이 인류를 지배하던 차원과는 다른 방향으로 과학이 발전했다.

특히 펜타곤에서 만든 미쓰릴 필드는 과학의 정점이라 해도 과언이 아니다.

미쓰릴이라는 특수 물질이 현대 과학을 만나 잠재력을 폭발시켰다.

물론 오작동도 자주 일어나고, 적용 시간과 범위도 만족할 수준은 아니었다.

하지만 3분 동안 현대식 무기를 비롯한 모든 인위적인 힘을 억제하고, 함부로 힘을 쓸 경우 반발력으로 폭발시키는 어마어마한 성능을 지녔다.

무공과 마법, 거기에 과학의 정수를 더하면 정령왕도 빈틈을 보일 것이다.

물론 순진하게 미쓰릴 필드를 던지면 아무 소용이 없을 게 뻔하다.

우라노스가 파도를 일으켜 미쓰릴 필드를 막을 게 분명했다.

미쓰릴 필드의 역장이 성능을 발휘하려면 정확히 우라노스 앞에서 터져야 한다.

"이거나 처먹어!"

최치우가 기합을 지르며 미쓰릴 필드를 던졌다.

아니나 다를까.

우라노스는 바닷물을 일으켜 거대한 장벽을 만들었다.

설령 최치우가 직접 달려들어도 파도의 벽을 뚫기 어려울 것 같았다.

그러나 방법이 있었다.

이런 순간을 위해 최치우는 7서클 마법을 갈고닦았다.

"플래시—!"

시공(時空)을 다스리는 마법의 권능이 발현됐다.

최치우의 손에서 떠나간 미쓰릴 필드가 감쪽같이 사라졌다.

츠팟!

완전히 사라진 미쓰릴 필드는 우라노스가 세운 파도의 벽 뒤에서 다시 나타났다.

아무리 물의 정령왕이라 해도 순간 이동을 미리 대비할 수는 없다.

우우우웅—

미쓰릴 필드가 우라노스의 코앞에서 터지며 역장이 발동됐다.

지금부터 3분 동안 우라노스가 위치한 100㎥의 공간은 미쓰릴 필드의 지배를 받는다.

'됐다!'

최치우는 미쓰릴 필드가 불량이 아닌 걸 확인하고 속으로 쾌재를 터뜨렸다.

물론 우라노스는 자신의 눈앞에서 터진 작은 캡슐이 무엇인지 모른다.

그저 불쾌한 기분을 느낄 따름이었다.

[어디서 하찮은 수를 쓰느냐!]

우라노스가 분노를 토해내며 파도의 벽을 없앴다.

그러고는 입을 쩌억 벌리고 물대포를 쏘아내려 했다.

조금 전 최치우의 내장을 뒤흔들었던 엄청난 파괴력의 물대포다.

고오오오오!

하지만 우라노스의 마음대로 되지 않았다.

보이지 않는 역장이 우라노스의 권능을 빨아들였다.

그가 입을 벌렸지만, 물대포가 아니라 물 한 방울도 뿜어져 나오지 않은 것이다.

[……!]

우라노스의 눈이 튀어나올 듯 커졌다.

물의 정령왕이 당황한 게 보였다.

곧이어 미쓰릴 필드는 무한의 반발력이 무엇인지 증명했다.

콰콰콰콱!

우라노스가 쏘려던 물대포, 그 이상의 기운이 압축되어 폭탄처럼 터졌다.

퍼펑! 퍼퍼펑!

우라노스는 갑작스러운 폭발을 정통으로 맞았다.

전혀 예상하지 못한 일이었기에 무방비 상태였다.

이번에는 우라노스도 꽤 타격을 입은 것 같았다.

무엇보다 미쓰릴 필드의 작용 자체를 이해하지 못하는 모습이었다.

[무슨 장난을 친 것인가, 인간!]

"과연 장난일까? 이제 시작인데."

최치우는 물 위를 박차고 뛰어올랐다.

바다라고 해서 운신의 폭이 좁아지진 않는다.

물을 땅처럼 밟고 다니는 수상비(水上飛)는 무림 고수의 전제 조건이다.

'남은 시간은 2분 50초. 이 안에 끝을 내야 한다.'

최치우는 미쓰릴 필드의 역장에 갇힌 우라노스에게 달려갔다.

역장이 사라지면 우라노스의 권능을 맨몸으로 상대해야 한다.

그 전에 승부를 가르지 못하면 희망이 없다.

[감히―!]

우라노스는 분노한 듯 재차 사자후를 터뜨렸다.

게다가 미련을 버리지 못하고 또 정령왕의 권능을 이용하려 했다.

츠츠츠츠츳!

다가오는 최치우를 막기 위해 파도의 벽을 일으켰지만, 소용이 없었다.

수면 위로 솟구치려던 파도가 잠시 움찔거릴 뿐, 잠잠해졌다.

대신 애꿎은 반발력이 폭발하며 우라노스의 몸통을 두드렸다.

퍼어어엉—!

반발력에 휩쓸린 우라노스는 몸을 꼬았다.

이제껏 꿈쩍도 안 하던 거대한 물뱀이 조금씩 틈을 보이고 있었다.

"제대로……."

최치우는 어느새 우라노스 가까이 다다랐다.

그가 한 번 더 바닷물을 박차고 높이 튀어 올랐다.

"붙어보자!"

공중에서 유려하게 회전한 최치우의 주먹이 우라노스의 콧등을 내려쳤다.

콰앙!

우라노스의 커다란 머리가 바닷물 아래로 처박혔다.

금강나한권의 중후한 내력, 아랑권의 패도적인 초식이 어우러진 최치우의 주먹은 산을 무너뜨릴 만했다.

그는 물의 정령왕 우라노스를 바닷물에 처박은 최초의 인간이 됐다.

[이노오옴!]

다시 머리를 꺼내 든 우라노스가 입을 벌렸다.

우라노스도 정령왕의 권능을 사용하면 안 된다는 사실을 깨달았다.

그렇기에 물대포를 쏘아내진 않았다.

다만 쩍 벌린 입으로 최치우를 삼키려 했다.

파악!

우라노스보다 최치우가 한발 빨랐다.

후웅—

푸른 이빨이 우수수 돋친 우라노스의 입은 허공을 가르고
말았다.

그 자리에 서 있던 최치우는 이미 하늘 높이 떠올랐다.

정령왕의 권능을 쓸 수만 있다면 바닷물로 만들어진 밧줄이
최치우를 꽁꽁 묶었을 것이다.

하지만 우라노스는 섣불리 권능을 휘두르지 못했다.

그랬다간 반발력이 터져 자신만 다칠 것을 깨달았기 때문이
다.

슈우욱—

최치우가 허공에서 떨어졌다.

마치 천상에서 지상, 아니, 수상으로 강림하는 천사를 연상
시켰다.

푸우욱!

이번에는 주먹이 아니다.

최치우의 미쓰릴 단검이 우라노스의 몸통을 찔렀다.

[인간—! 인간이 감히—!]

우라노스가 절규하는 게 사방으로 울려 퍼졌다.

확실히 맨손보다 미쓰릴 단검이 효과가 있었다.

자연의 힘을 이용하는 정령과 절대 금속 미쓰릴은 상극 중
에서도 최상극이다.

쿠궁!

푸화아악—

우라노스가 고통을 참지 못하고 꿈틀거렸다.

그럴 때마다 수면이 움푹 파이며 물방울이 미친 듯이 튀었다.

최치우는 우라노스의 몸통에 미쓰릴 단검을 꽂은 채 떨어지지 않았다.

천금 같은 기회를 놓칠 수 없다.

'1분 30초!'

미쓰릴 필드의 역장은 1분 30초 뒤에 사라진다.

최치우가 노리는 순간은 바로 그때였다.

우라노스는 언제 역장이 사라지는지 정확히 알지 못한다.

가만히 놔두면 공기가 바뀐 걸 눈치를 채겠지만, 최치우처럼 완벽한 타이밍을 잴 수는 없다.

쿠웅! 쿠쿠쿵—!

우라노스가 최치우를 떼어내기 위해 몸통을 흔들고, 꼬리를 튕겼다.

그러나 최치우는 이를 악물고 미쓰릴 단검을 붙잡은 채 떨어지지 않았다.

물의 정령왕 우라노스도 권능을 상실하면 거대하고 강력한 괴물에 지나지 않는다.

그 자체로 무서운 존재지만, 순수한 육체 능력으로는 최치우도 밀릴 게 없다.

[떨어져라, 하찮은 것!]

우라노스의 분노가 느껴졌다.

이제 인간이라는 호칭도 생략하고, 최치우를 하찮은 것이라 표현했다.

물의 정령들을 다스리는 왕의 품위마저 저버린 것이다.

쫘앙!

최치우는 말 대신 주먹으로 대답했다.

왼손으로 미스릴 단검을 잡고, 오른손으로 우라노스의 등을 때린 것이다.

당연히 평범한 주먹질은 아니다.

최치우의 정권에는 아랑권의 흉폭한 기운이 잔뜩 담겨 있었다.

푸른색 돌덩이 같던 우라노스의 몸통에도 균열이 일어났다.

동시에 우라노스가 또 한 번 몸을 흔들며 괴로워했다.

"아프지? 너도 아픔을 느끼나?"

[어찌하여 인간 따위가!]

"너희 정령들의 장난질에 인간들은 힘없이 목숨을 잃는다. 그러니 너무 억울하게 생각하지 마. 내가 말했잖아? 천적 하나쯤 있는 게 당연한 거라고."

최치우의 조롱이 우라노스의 심금을 후벼 팠다.

하지만 우라노스에게도 최치우를 떨어뜨릴 비장의 수가 남아 있었다.

푸슈우욱―!

우라노스가 머리를 바다 밑으로 집어넣었다.

이윽고 길고 굵은 몸통부터 꼬리까지 바다 깊이 잠겼다.

덩달아 우라노스의 등에 단검을 꽂고 붙어 있는 최치우도 바닷속으로 들어갈 수밖에 없었다.

'잔머리를 쓰는군.'

최치우는 보통 사람보다 훨씬 오래 숨을 참을 수 있다.

그러나 물속에서 무한정 버틸 수는 없다.

'시간은… 내 편이다.'

최치우는 당황하지 않았다.

우라노스는 어두컴컴한 동해의 바닥으로 내려가고 있었다.

결국 숨을 참지 못한 최치우가 버티지 못할 거라고 생각하는 게 분명했다.

최치우가 등에서 떨어지는 순간, 우라노스는 캄캄한 바다에서 입을 벌려 그를 집어삼킬 작정이었다.

권능 따위 필요도 없다.

깊은 바다에서 이무기를 닮은 물뱀이 인간 하나를 잡아먹지 못하겠는가.

그러나 최치우는 웃고 있었다.

'바로 지금!'

미쓰릴 필드의 발동 시간이 끝났다.

우라노스의 얼굴을 감싸고 있던 역장이 거짓말처럼 사라진 순간, 최치우는 주저 없이 7서클 마법을 캐스팅했다.

'그래비티—!'

미증유의 중력이 우라노스의 몸통을 덮쳤다.

아주 짧은 찰나지만, 지구의 중력이 일부분 붕괴됐다.

우라노스는 온몸이 짓이겨지는 고통을 느끼며 어두운 바닷속에서 비명을 내질렀다.

[인가아아아아안!]

최치우의 공격은 끝나지 않았다.

그는 내일이 없다는 각오로 마법을 퍼부었다.

'인페르노! 인페르노! 윈드 스피어!'

6서클의 힘이 실린 화염이 깊은 바다에서 피어났다.

불꽃이 타올라 우라노스의 살을 지글지글 태워먹었다.

그렇게 약해진 부분에 바람의 창이 파고들었다.

최치우는 마지막 공격을 준비했다.

푸욱—

등에 꽂았던 미쓰릴 단검을 뽑고, 물살을 거슬러 우라노스의 머리 위로 다가갔다.

'맹아일격(猛牙—擊)!'

치명타를 입혀 목숨을 빼앗는 아랑권의 살초가 펼쳐졌다.

미쓰릴 단검이 주먹을 대신해 맹아일격의 초식을 구현해 냈다.

콰드드드득!

뭔가 부서지고 찢어지는 감각이 손끝에 느껴졌다.

미쓰릴 단검과 최치우의 팔뚝이 우라노스의 머리를 뚫고 들어갔다.

파앗—!

섬광이 터졌다.

어두운 해저를 밝히는 새하얀 빛이 최치우의 눈을 멀게 할 것 같았다.

쿠구구구구구구궁!

저 아래 심연 너머 바다의 지축이 흔들리는 것 같았다.

이윽고 엄청난 에너지가 사방으로 튀며 바닷속에서 폭포와 같은 물길이 거꾸로 일어났다.

모든 힘을 쏟아낸 최치우는 역류에 실려 수면 위로 튕겨 올라왔다.

"허억! 허억—! 허억!"

거친 숨을 토해내며 물에 몸을 맡긴 최치우는 주위 환경이 달라진 것을 깨달았다.

강풍이 멈췄고, 성난 바다는 파도 없이 잠잠해졌고, 하늘은 맑았다.

물의 정령왕 우라노스가 소멸된 것이다.

＊   ＊   ＊

최치우는 기진맥진했지만 무사히 헤엄을 쳐 구조선으로 돌아왔다.

물에 흠딱 젖은 그는 갑판에 대자로 드러누워 웃음을 터뜨렸다.

일생일대의 강적, 물의 정령왕 우라노스를 이겼기 때문이다.

"하하하! 하하하하하—!"

결자해지(結者解之)에 성공했다.

당분간, 어쩌면 꽤 오랜 시간 동안 물의 정령왕은 공석일 것이다.

그사이 최치우는 더 많은 소울 스톤을 확보하며 세상을 바꿀 수 있다.

더불어 자신감도 생겼다.

훗날 불의 정령왕, 대지의 정령왕, 바람의 정령왕을 만나도 당당하게 싸울 수 있을 것 같았다.

"무공, 마법, 그리고 과학……."

최치우는 우라노스와 싸우며 새로운 경지에 도달했다.

실전에서 7서클 마법을 사용했고, 미쓰릴 단검을 들고 권왕의 아랑권도 펼쳤다.

특히 미쓰릴 필드로 우라노스의 권능을 봉인시킨 게 백미였다.

7서클 마법 플래시로 미쓰릴 필드를 발동시키고, 이후 3분이 지날 때 정확한 타이밍을 노려 전력을 쏟아부은 건 다시 생각해도 기막힌 신의 한 수였다.

"진짜 잘 싸웠다. 그리고 진짜 재밌게 싸웠어."

최치우는 피식피식 웃음이 새어 나오는 걸 멈추지 못했다.

100% 목숨을 걸고 싸운 건 정말 오랜만이었다.

생명을 담보로 한 전투에서 짜릿하게 승리하는 쾌감은 말로 표현이 불가능하다.

쿵쿵!

숨을 고르고 일어선 최치우가 지하 객실 입구를 두드렸다.

지하실에서 최치우만 기다리는 선원들에게 기쁜 소식을 전해줄 차례다.

스으윽—

입구의 문이 열리고, 선원들이 새하얗게 질린 안색으로 올라왔다.

"대표님! 어, 어떻게 됐습니까?"

"창밖을 보세요. 날씨가 어떤가요?"

"와아!"

나이 지긋한 베테랑 선원이 어린아이처럼 환호성을 내질렀다.

뒤이어 지하 객실에서 올라온 다른 선원들도 기쁨을 주체하지 못했다.

누구는 만세를 불렀고, 또 누구는 서로 부둥켜안으며 콧노래를 흥얼거렸다.

선원들에겐 최치우를 기다리는 시간이 억겁처럼 느껴졌을 것이다.

잘못하면 구조선도 풍랑에 휩쓸릴까 염려할 수밖에 없었다.

그런데 최치우가 돌아왔고, 배를 뒤집은 파도와 바람은 감쪽같이 잠잠해졌다.

기대했던 최상의 결과가 현실이 됐다.

"정말 감사합니다, 대표님. 덕분에 시추 기계에 고립된 연구원들… 너무 늦지 않게 구하게 됐습니다."

조타수인 선원이 최치우의 두 손을 꼭 잡고 말했다.

선원과 연구원들은 울릉도, 독도에서 동고동락하며 많이 가까워진 것 같았다.

그렇기에 배가 뒤집혀 사고가 났을 때도, 시추 기계에 스무명 넘는 연구원이 고립됐을 때도 선원들은 자기 일처럼 안타까워했다.

하지만 아무리 안타까워도 어찌할 방도가 없었다.

무작정 폭풍우가 몰아치는 해역으로 들어가는 건 자살행위기 때문이다.

그러다 갑자기 나타난 최치우는 한 줄기 희망이었고, 마지막 지푸라기였다.

사실 선원들은 구조선을 이끌고 독도 인근까지 나오면서도 반신반의했다.

아무리 최치우가 대단하고, 올림푸스가 전설적인 회사라도 자연재해 앞에서는 무력할 거라고 생각한 것이다.

물론 결과는 한껏 맑게 갠 날씨가 증명해 주고 있다.

기적을 일으킨 최치우는 선원들에게 새로운 지시를 내렸다.

"파도도 없는데 시추 기계로 가죠. 가장 먼저 도착해서 기쁜 소식을 알리고, 연구원들을 데려오는 게 나을 것 같습니다."

"좋은 생각이십니다. 안 그래도 다들 많이 불안해하고 있을 터인데… 울릉도의 정 단장님께 신호를 보내고 시추 기계로 이동하겠습니다."

"네. 저는 조금만 더 쉴게요."

"그런데 대표님, 미처 말씀을 못 드렸는데 바다에 빠진 것처럼 온몸이 젖어 있으십니다."

"이건… 파도가 많이 쳐서. 괜찮습니다."

최치우가 멋쩍은 듯 미소를 지으며 대답했다.

작정하고 의심하면 이상하게 생각할 수도 있는 여지가 많다.

그러나 혼자서 미친 풍랑을 잠재운 최치우의 말을 곧이곧대로 믿는 게 자연스러운 반응이다.

최치우는 끊이지 않는 선원들의 찬사를 들으며 기력을 회복했다.

"대, 대표님. 여기 커피라도 좀 드세요."

곧이어 막내 선원이 따뜻한 믹스 커피를 끓여 최치우에게 건네줬다.

머뭇거리던 그는 최치우가 커피를 받아 들자 고개를 푹 숙였다.

"영광입니다!"

"영광은요. 내가 고맙죠. 커피 잘 마시겠습니다."

최치우는 미소를 지어주고 커피를 한 모금 마셨다.

평소엔 믹스 커피 대신 진한 원두커피를 선호한다.

하지만 지금은 달달한 믹스 커피가 생명수처럼 느껴졌다.

우라노스와 싸우며 쌓인 피로가 쫙 풀리는 기분이 들었다.

'어떤 전리품보다 더 값지다, 이 커피 한 잔.'

최치우의 얼굴 위로 뿌듯한 표정이 떠올랐다.

기상 이변마저 잠재운 영웅 최치우를 태운 구조선이 독도로 나아가고 있었다.

마지막 고비를 넘어선 독도 프로젝트에 서광이 내려앉을 것 같은 날이었다.

*　　　　　*　　　　　*

최치우는 마치 개선장군이 된 것 같았다.

시추 기계에 고립된 연구원들을 태우고 울릉도 선착장에 배를 세우는 순간, 우레와 같은 함성이 사방을 쩌렁쩌렁하게 울렸다.

"이야아아—!"

"진짜 왔다, 진짜 돌아왔어!"

"최치우! 최치우! 최치우! 최치우!"

해저 가스 사업단 직원들, 그리고 수많은 울릉도 주민들이 애타게 구조선의 귀환을 기다리고 있었다.

사람들은 최치우가 연구원들과 함께 배에서 내리자 더 큰 환호성을 질렀다.

"와아아아아!"

짝짝짝짝짝—!

슈퍼스타의 콘서트장을 방불케 하는 열기였다.

정기석 단장은 어울리지 않게 눈물을 글썽거리며 최치우에게 달려왔다.

"대표님, 이 은혜를 어찌 갚을지 모르겠습니다. 우리 사업단 전원이 대표님을 생명의 은인으로 여기겠습니다."

"아닙니다, 단장님. 먼저 사고를 당한 12명의 연구원들을 구하지 못해 마음이 아플 따름입니다."

"그건……."

정기석 단장이 말을 잇지 못했다.

자연재해를 뚫고 고립된 연구원들을 구한 것은 크나큰 성과다.

하지만 앞서 배가 뒤집히며 실종된 12명을 찾는 것은 불가능했다.

최치우는 한참 어른인 정기석의 어깨를 두드리며 위로를 건넸다.

헤아리기 힘든 인파가 최치우의 이름을 연호하며 영웅의 귀환을 반기는 와중에도 그는 우선순위를 잊지 않았다.

인기에 도취되어 우쭐거릴 단계는 한참 전에 지났다.

개선장군으로 돌아와서 정기석부터 위로하는 최치우의 그릇이 새삼 끝없이 크게 느껴졌다.

최치우의 속 깊은 마음 씀씀이는 정기석과 가스 사업단 직원들의 진심 어린 존경을 사기 충분했다.

연구원들을 구하며 자연을 이겨낸 최치우는 또 한 번 세간의 화제가 될 것 같았다.

*   *   *

최치우는 미국에서 걸려온 전화를 받았다.

펜타곤의 천재 연구원, 잭 앤더슨이 한국 시간에 맞춰 전화를 건 것이다.

—실례인 것은 알지만… 물어보고 싶은 게 있습니다.

"뭐든지. 내가 대답할 수 있는 거라면."

최치우는 가볍게 웃으며 여유롭게 말했다.

사실 잭 앤더슨과 최치우는 사적으로 친한 사이는 아니다.

그러나 서로를 무시할 수 없는 관계였다.

펜타곤 역사상 최고의 천재로 불리는 잭 앤더슨이 없었다면 미쓰릴 필드도 발명되지 못했을 것이다.

올림푸스와 펜타곤은 미쓰릴이라는 절대 금속을 매개로 연결돼 있다.

펜타곤의 위상은 워싱턴에서도 독보적이다.

그렇기에 최치우는 필요할 때마다 미국 정부의 도움을 받을 수 있었다.

남아공의 헤라클레스에 미국 특수부대 출신 용병들을 대거 영입한 것도 펜타곤 덕분이었다.

펜타곤은 미쓰릴로 다양한 연구를 진행하고 있고, 미쓰릴 필드 역시 계속해서 개량하는 중이다.

최치우는 물의 정령왕 우라노스와 싸우며 미쓰릴 필드의 성능을 톡톡히 체험했다.

성능이 개선된 미쓰릴 필드를 지속적으로 공급받기 위해서는 펜타곤과 좋은 관계를 유지할 필요가 있다.

펜타곤도 최치우와의 끈을 놓치고 싶어 하지 않는다.

최치우는 미쓰릴을 제공하며 펜타곤의 비밀을 꽤 많이 알아 버렸다.

게다가 그는 언제든 미쓰릴처럼 신비로운 물질을 가져다줄 수 있는 사람이다.

펜타곤이 공을 들여 관리할 가치가 충분한 것이다.

서로가 서로에게 필요성을 느끼기 때문에 신경을 쓸 수밖에 없는 관계.

그것이 바로 올림푸스와 펜타곤의 사이를 정의하는 말이었다.

―이번에 한국에서 이상기후를 해결했다고 들었습니다. 올림 푸스에서 실험 중인 기술을 사용했다는 뉴스를 봤습니다.

"소문이 참 빠르군요."

―CNN과 NBC가 올림푸스 소식이라면 미국 대통령 뉴스보 다 더 빨리 보도하는 것 같습니다.

"하하, 그건 기분 좋은 이야기입니다. 아무튼 우리가 실험 중 인 기술로 동해의 이상기후를 해결한 건 사실입니다."

최치우는 잭 앤더슨을 속였다.

정령에 대해서는 그 누구에게도 말할 수 없었다.

그랬다간 소울 스톤의 비밀까지 구구절절 밝혀야 한다.

어차피 말을 해도 미친놈 소리나 들을 뿐이다.

'미쓰릴을 경험한 펜타곤이라면… 정령의 존재도 믿을 수 있

지만.'

최치우는 잠깐 든 생각을 금방 지워 버렸다.

펜타곤이 정령의 존재를 믿으면 그것대로 문제가 심각해진다.

괜히 긁어 부스럼을 만들 이유는 어디에도 없다.

─그 기술에 대해 알고 싶습니다.

"군사 기술은 아닌데, 펜타곤이 관심을 보일 줄은 몰랐습니다."

─이상기후나 자연재해 때문에 군사작전을 펼치지 못하는 경우가 많습니다. 만약 올림푸스의 기술이 효과적이라면 펜타곤에서 사고 싶습니다.

일이 커지고 있었다.

최치우는 이미 펜타곤과 미쓰릴로 거래를 트며 신뢰를 쌓았다.

그런데 이상기후를 해결하는 기술은 팔고 싶어도 팔 수 없다.

기술로 풍랑을 잠재운 게 아니기 때문이다.

최치우는 태연하게 대답했다.

"여전히 실험을 하는 중이고, 위험성도 높습니다. 이번에도 운이 좋았을 뿐… 펜타곤과 논의하기엔 이른 단계입니다."

─미쓰릴 케이스처럼 우리의 기술력으로 연구를 진척시킬 수도 있습니다. 원하는 가격과 조건은 얼마든지 맞추겠습니다.

"아직은 때가 아닙니다. 조만간 미국에 들어갈 테니 다시 이야기하죠."

최치우가 사뭇 단호하게 말을 끊었다.

잭 앤더슨도 더는 고집을 피우지 못했다.

세계 최강을 자부하는 펜타곤 소속의 천재 연구원도 최치우의 심기를 함부로 거스를 수는 없다.

올림푸스와 퓨처 모터스의 오너이자 CEO라는 무게감은 세계에서도 손꼽힐 정도다.

이제는 미국 국방부 장관도 최치우에게 정중한 태도를 보여야 한다.

몇 년 동안 비약적으로 높아진 최치우의 위상은 측정이 어려울 지경이다.

따지고 보면 최치우가 잭 앤더슨의 전화를 직접 받아주는 것도 친절을 베푼 셈이었다.

공식적인 신분으로는 연구원인 잭과 일일이 대화를 나눌 필요가 없다.

물론 잭은 막후에서 펜타곤의 기술 개발을 담당하는 실세이지만 말이다.

─알겠습니다. 미국에 오시면 찾아가서 말씀드리겠습니다. 오늘의 결례, 이해해 주셔서 감사합니다.

"곧 봅시다, 잭."

최치우는 전화를 끊고 생각에 잠겼다.

펜타곤이 자신의 행보에 깊은 관심을 보이는 게 달갑지만은 않았다.

"뭔가 수를 내야겠군."

최치우가 혼잣말을 읊조리는 그때, 잭 앤더슨은 펜타곤에서 부하 연구원의 보고를 받았다.

"인공위성 데이터는 분석이 끝났나?"

"사진과 영상 모두 불투명합니다. 시야를 가리는 안개가 너무 짙게 형성되어……."

"고작 안개 때문에 우리 위성이 제 역할을 못 했다는 게 말이 되는 소리인지 모르겠는데."

잭 앤더슨이 차갑게 이죽거렸다.

펜타곤 내부에서 그는 냉혈한으로 악명이 높다.

태어날 때부터 천재였기에 평범한 사람들을 이해하지 못하는 것이다.

질책을 받은 부하 연구원은 고개를 숙였다.

"안개만이 문제가 아니었습니다. 문제의 해역에서 측정을 방해하는 강력한 전자파가 형성됐습니다."

"위성을 무력화시키는 전자파라… 대체 올림푸스는 동해에서 무슨 짓을 한 거지."

잭 앤더슨이 한 손으로 볼펜을 돌렸다.

잠시 머리를 굴린 잭은 곧바로 지시를 내렸다.

"오늘 이후 휴민트를 포함한 모든 자원을 가동해 올림푸스의 최 대표를 감시하도록. 그가 가진 능력이 어쩌면 우리에게 큰 위협이 될지도 모른다."

"알겠습니다."

펜타곤의 천재이자 실세 잭 앤더슨이 최치우를 경계하기 시작했다.

최치우를 중심으로 수면 아래에서 세계의 정세가 긴박하게 돌아갈 것 같았다.

7장
메시지

타닥, 타다닥—

키보드를 두드리는 소리가 끊이지 않고 들렸다.

뉴욕 UN 본부는 언제나 바쁘다.

국제적인 세미나와 행사가 매일 열리고, 직원들 역시 저마다 맡은 일을 처리하느라 시간 가는 줄 모른다.

많은 대학생들이 UN에서 일하는 것을 꿈꾼다.

하지만 UN이 얼마나 강도 높은 업무량을 소화하는 터프한 직장인지 잘 모르는 경우가 대부분이다.

유은서도 처음에는 마찬가지였다.

세계정부로 불리는 UN에 입사했을 때, 그녀는 꿈 같은 나날이 펼쳐질 거라고 생각했었다.

세계를 누비며 기아를 퇴치하고, 글로벌 리더들과 함께 변화를 만들어내는 직업.

그렇게 보면 UN은 참 매력적인 직장이다.

그러나 스포트라이트를 받는 글로벌 리더들을 뒷받침하기 위해, 그리고 세계 곳곳의 부조리를 찾아내기 위해 누군가는 엄청난 양의 일을 떠맡아야 한다.

국제금융감시위원회에 배정되어 몇 달을 고생한 끝에 유은서는 UN의 업무에 적응해 가고 있었다.

입술을 앙다물고 시선을 모니터에 고정시킨 그녀는 어엿한 커리어 우먼이 다 됐다.

그런데 한참 일을 하던 유은서의 표정이 심상치 않게 변했다.

이해할 수 없다는 얼굴로 고개를 갸웃거리며 모니터를 노려보는 것이다.

"이건… 말이 안 되는데……."

한국어로 혼잣말을 중얼거린 그녀가 프린트 버튼을 눌렀다.

이윽고 문제의 화면이 몇 장의 종이로 인쇄됐다.

유은서는 종이를 들고 사무실 반대편으로 걸음을 옮겼다.

"응? 은서? 무슨 일이에요?"

갈색 머리에 뿔테 안경을 쓴 중년의 여인이 유은서를 쳐다봤다.

유은서는 국제금융감시위원회의 총괄 간사에게 종이를 내밀었다.

"제가 이상한 흐름을 발견해서요."

"이상한 흐름?"

"네, 혼자서는 판단하기 어려워서 물어보고 싶었어요. 바쁘신 걸 알지만, 괜찮으시면 한 번만 봐주시겠어요?"

"좋아요."

총괄 간사인 캐서린은 뿔테 안경을 벗고 유은서가 내민 종이를 유심히 쳐다봤다.

그렇게 30초 정도 침묵의 시간이 지나갔다.

캐서린의 자리 앞에 서 있는 유은서에겐 30초가 무척 긴 시간처럼 느껴졌다.

나름대로 용기를 내서 상사에게 보고를 했기 때문이다.

"은서, 아주 잘했어요. 확실하진 않지만 자금 흐름이 이상해 보이네요."

"정말요?"

"그래요. 예리한 시각이에요. 하지만 이 페이퍼만 보고 불법적인 거래가 일어났다고 단정할 수는 없어요."

"네."

"업무를 다 보고, 여력이 남는다면… 더 조사하는 것은 허락할게요. 추가로 수상한 징후가 포착되면 다시 보고해도 좋아요."

"알겠습니다! 감사해요!"

유은서가 고개를 꾸벅 숙이고 씩씩하게 인사를 했다.

어쨌든 어려운 상사인 캐서린에게 인정을 받은 셈이다.

적어도 완전히 무의미한 헛발질을 한 것은 아니었다.

유은서는 자기 자리로 돌아가며 각오를 다졌다.

'힘들겠지만 꼭 더 찾아봐야지.'

수동적인 자세로는 UN에서 자기 역할을 해내기 힘들다.

특히 그녀는 최치우라는 역사에서 두 번 나오기 힘든 불세출의 기린아(麒麟兒)를 가까이서 지켜봤다.

그렇기에 자신도 UN에서 제 몫을 하며 인정받고 싶은 마음이 컸다.

"……."

그런데 유은서의 보고를 받은 캐서린의 눈빛이 예사롭지 않았다.

다시 뿔테 안경을 쓴 캐서린이 유은서의 뒷모습을 유심히 주시하고 있었다.

안경에 가렸지만, 마치 큰 실수를 저지른 부하 직원을 노려보는 것 같은 눈빛이었다.

방금 전 보고를 받고 칭찬을 해준 것과는 완전히 딴판으로 달라진 분위기다.

UN의 국제금융감시위원회.

세계의 금융 거래를 감독하는 기관에서 예상치 못한 찬바람이 불고 있었다.

하필이면 유은서가 그 바람의 중심에 서게 된 것 같았다.

*　　　　*　　　　*

늦은 밤, 뉴욕의 UN 본부 건물에도 하나둘 불이 꺼지고 있었다.

그러나 여전히 불이 켜진 사무실도 적지 않았다.

UN이라고 해서 야근이 없는 것은 아니다.

특별한 프로젝트 또는 외국과의 시차 때문에 야근을 하는 경우가 종종 있다.

한국 사람들이 생각하는 저녁이 있는 삶은 대부분 유럽 스타일이다.

북유럽이나 서유럽에서는 야근을 최대한 기피한다.

하지만 미국은 다르다.

특히 뉴욕과 같은 동부에서는 야근이 대수로운 일이 아니었다.

"은서, 퇴근 안 해?"

"난 괜찮아. 내일 봐, 제인!"

"오케이. 너무 늦지 않게 우버 불러서 들어가."

"응, 고마워!"

유은서는 국제금융감시위원회 사무실에서 가장 늦게 퇴근하는 사람이 됐다.

그녀와 함께 야근을 하던 동료 제인도 가방을 들고 나갔다.

시곗바늘은 어느덧 10시를 넘어 11시를 향해 달려가고 있었다.

그럼에도 불구하고 모니터를 쳐다보는 유은서의 눈빛은 생생했다.

야근에 찌들어 지친 얼굴이 아니었다.

누가 시켜서 억지로 일을 하는 게 아니기 때문이다.

그녀는 주어진 업무를 마치고, 자발적으로 사무실에 남아 조사를 하는 중이었다.

상사인 캐서린에게 허락도 받았다.

타다닥, 타다다닥!

유은서 혼자 남은 사무실에 키보드 두드리는 소리가 끊임없이 울렸다.

UN 소속이면 열람할 수 있는 자료가 적지 않다.

국제금융감시위원회는 UN에서도 끗발이 강한 곳이다.

공식적인 금융 거래 정보는 물론이고, 비공개 정보도 꽤 많이 볼 수 있다.

유은서는 본인이 열람할 수 있는 정보를 이용해 퍼즐을 맞추고 있었다.

순수한 금융 거래 정보 자체는 무의미한 숫자와 문서일 뿐이다.

그러나 정보와 정보를 잘 조합하면 숨겨진 진실이 드러난다.

전혀 연관이 없어 보이는 금융 거래가 사실 특정 회사를 밀어주기 위한 작전일 수도 있다.

시차를 두고 유럽과 남미에서 확정된 인수 합병이 탈세나 자금 세탁의 도구일 수도 있는 것이다.

따라서 UN의 국제금융감시위원회 직원들은 개인 주식 거래를 할 수 없다.

너무 많은 금융 정보를 알게 되기 때문에 강력한 규제를 적용받는다.

그래도 차명으로 투자를 할 수 있지만, 만약 적발되면 퇴사는 기본이고 거액의 민사 소송을 각오해야 한다.

어떻게 보면 그만큼 위험한 업무를 하는 셈이다.

"찾았어!"

그때 유은서가 허리를 쫙 펴며 목소리를 높였다.

맞춰지지 않았던 퍼즐의 마지막 조각을 발견한 것이다.

그녀는 급히 프린트 버튼을 누르며 어렵게 만든 자료를 인쇄했다.

"이거면 충분해."

유은서는 프린트에서 나온 A4 종이를 손에 들고 감격스러워했다.

일주일 넘게 혼자 끙끙거리며 용을 쓴 보람이 느껴졌다.

"엄청난 규모의 탈세와 돈세탁이 실행되고 있었어……."

유은서의 혼잣말이 예사롭지 않았다.

그녀는 최근 독일에서 발생한 금융 거래 내역을 살펴보다 이상한 점을 찾았다.

몇몇 회사들이 급하게 자산을 매각하고, 노르웨이와 스웨덴으로 송금을 한 것이다.

여기까지는 정상적인 금융 거래다.

하지만 얼마 뒤 북유럽 국가에서 거액의 자금이 버진 아일랜드로 들어갔다.

버진 아일랜드는 대표적인 조세 회피처다.

수상한 낌새를 포착한 유은서는 마지막 단서가 나타나길 기다렸다.

어차피 자금의 최종 목적지는 버진 아일랜드가 아닐 것이다.

독일, 북유럽, 버진 아일랜드를 거친 자금이 어디로 가는지 알아내는 방법은 그리 어렵지 않았다.

최초로 독일에서 발생한 자금과 비슷한 액수가 특정 국가에 쏠리는 순간을 잡아내면 된다.

물론 말은 간단하지만, 실제로는 눈이 빠져라 주요 국가의 금융 거래 내역을 살펴보며 일일이 검토를 해야만 하는 고강도 업무다.

100억, 아니, 1,000억 이상의 금융 거래도 하루에 수백 수천 건 이상 발생한다.

유은서는 그 많은 기록을 검토하며 직관까지 발휘해 퍼즐을 맞췄다.

신참 직원이 해냈다고 믿기엔 너무 대단한 일이다.

그래서일까.

빨갛게 상기된 유은서의 얼굴에는 뿌듯함이 가득해 보였다.

만약 UN에서 정식으로 조사를 하고, 탈세나 자금 세탁을 막아낸다면 엄청난 성과다.

그녀는 성과를 내서 빨리 승진하는 게 목표가 아니었다.

최치우.

하루가 멀다 하고 세계를 놀라게 만드는, 자신의 처음이자 마지막일 남자 앞에서 당당하고 싶었다.

UN에 들어온 것만으로는 부족하다.

그녀 자신도 작게나마 세상을 바꿀 수 있다는 걸 증명하는 게 목표였다.

그때가 되면 최치우를 포기할 수밖에 없었던 대학생 시절과는 뭔가 달라질 것 같았다.

"할 수 있어. 아니, 해냈어."

유은서는 자신을 칭찬하며 짐을 챙겼다.

막판 스퍼뜨를 내느라 시간이 너무 지체됐다.

그래도 피곤한 기색은 느껴지지 않았다.

내일 일찍 출근해 캐서린에게 자료를 보여줄 생각을 하니 피로가 쫙 풀렸다.

하지만 유은서는 아직까지 모르고 있었다.

그녀가 의도치 않게 열어버린 판도라의 상자 안에 얼마나 무서운 진실이 담겨 있는지.

바로 그 진실을 숨기기 위해서라면 무엇이든 할 수 있는 사람들이 심지어 UN에도 존재한다는 사실을.

스윽—

행복한 표정으로 뒤늦게 퇴근한 유은서는 스마트폰을 꺼냈다.

최치우에게 메시지라도 보내볼까 망설이던 그녀는 이내 고개를 저었다.

"아니야. 나중에… 일이 잘되면 그때 말해야지. 조금만 더 참자."

다시 폰을 집어넣은 유은서가 발걸음을 재촉했다.

화려한 도시 뉴욕의 이면에 자리 잡은 어둠이 금방이라도 그녀를 집어삼킬 것 같았다.

*   *   *

유은서는 공들여 만든 자료를 캐서린에게 전달했다.

국제금융감시위원회의 총괄 간사인 캐서린은 이 바닥에서 잔뼈가 굵은 실력자다.

유은서의 보고서가 어떤 내용을 담고 있는지 한눈에 파악할 수 있다.

캐서린은 앞에서는 유은서를 칭찬하고 격려했다.

그런데 상부에 보고를 하고, 치밀하게 검토를 하겠다는 약속은 지켜지지 않았다.

일주일이 지나도 달라지는 건 없었다.

유은서는 용기를 내 캐서린에게 경과를 물어봤지만, 돌아온 건 싸늘한 대답뿐이었다.

"은서, 우리가 하는 일이 얼마나 많은지 몰라요? 여기는 UN이에요, UN. 순서를 기다리는 다급한 프로젝트가 끝도 없이 쌓여 있는 곳이죠. 상부에 보고를 올렸으니 기다리는 수밖에 없어요. 어쩌면 상부에서 우리가 모르게 조사를 진행할 수도 있겠죠.

내 말 무슨 말인지 이해했나요?"

"그렇지만… 제가 정말 열심히 조사해서 확실한 증거까지 잡아냈는데……."

"그걸 판단하는 건 은서가 아니라 감시 위원님들의 역할이 아닐까요? 열의를 보이는 건 좋지만, 본인의 역할에 더 집중해 줬으면 좋겠네요. 이건 은서의 상사로서 진지하게 하는 충고입니다."

대체 무슨 일이 있었던 것일까.

캐서린의 태도는 일주일 전과 천지 차이였다.

평범한 회사로 따지면 유은서는 신입 사원이고, 캐서린은 과장이나 차장급 베테랑이다.

캐서린이 냉랭하게 철벽을 치면 유은서가 할 수 있는 게 없다.

유은서는 실망한 얼굴로 자리에 돌아왔다.

캐서린의 말처럼 상부에서 검토를 하고, 자체 조사에 들어가길 바라는 수밖에 없다.

하지만 문제는 이게 전부가 아니었다.

언젠가부터 유은서는 누군가 자신을 쫓아다니는 느낌을 받았다.

출근길과 퇴근길에서 뒤통수가 따가워 고개를 돌린 적이 한두 번이 아니다.

심지어 혼자 사는 아파트에 누가 들어왔다 나간 것 같은 기분이 들기도 했다.

불길한 예감이 점점 커지고 있었다.

하필이면 캐서린에게 보고를 올린 그즈음부터 이상한 일들이 생겼다.

유은서가 난데없이 신경과민 증상을 보이는 것은 아니었다.

그동안 낯선 도시인 뉴욕에 혼자 살면서 한 번도 이랬던 적이 없었다.

다시 찾아온 퇴근길, 유은서는 콜택시와 비슷한 우버 서비스를 이용해 집으로 돌아가고 있었다.

우버는 운전기사의 정보가 뜨기 때문에 안심하고 이용할 수 있다.

흠칫—!'

자동차 뒷좌석 쿠션에 몸을 파묻던 그녀는 갑자기 소름이 돋는 걸 느꼈다.

백미러를 통해 스치듯 쳐다본 운전기사의 얼굴이 우버에 뜬 정보 사진과 달랐기 때문이다.

평소라면 신경을 쓰지도 않았겠지만, 최근 잔뜩 예민해진 상태였기에 달라진 얼굴을 알아차릴 수 있었다.

'기사가… 바뀌었어!'

유은서의 등 뒤로 식은땀이 줄줄 흐르는 것 같았다.

그러나 놀란 티를 내면 무슨 일이 벌어질지 모른다.

그녀는 아무렇지 않은 척 침착하게 폰을 꺼냈다.

페이스북이나 인스타그램을 보는 것처럼 위장해야 한다.

'단순히 다른 기사가 대신 운전을 하는 걸까? 아니면… 뭔가

잘못되고 있는 걸까?'

지금 이 순간 가장 먼저 떠오르는 사람은 다름 아닌 최치우
였다.

유은서는 911에 신고를 하기 전, 최치우에게 먼저 메시지를
보냈다.

[치우야, 도와줘.]

간절한 바람과 그리움을 담은 메시지가 뉴욕에서 서울로 전
송됐다.

유은서의 메시지로 인한 파장이 얼마나 클지, 감히 짐작조차
할 수 없었다.

*   *   *

최치우는 미국 출장 일정을 조율했다.

그가 미국에 가는 건 딱히 특별한 일이 아니다.

퓨처 모터스 본사가 실리콘밸리에 있고, 뉴욕에 제우스 파크
를 열었다.

그렇기에 자주 미국을 오가는 게 당연하다.

게다가 올림푸스와 퓨처 모터스의 주요 투자자, 기관, 세계적
인 VIP들도 미국을 중심으로 움직인다.

귀찮은 일이지만 각종 세미나에 참석하며 네트워크를 다지

는 것도 CEO의 업무다.

물론 표면적인 이유 말고 진짜 목표는 따로 있었다.

최치우는 콜로라도 국립공원의 이상기후를 두 눈으로 확인하고 싶었다.

분명 대지의 정령이 개입하고 있는 것 같았다.

그동안 최치우는 물의 정령, 그리고 불의 정령에서 소울 스톤을 얻었다.

어쩌면 처음으로 대지의 정령을 상대하고 색다른 특성의 소울 스톤을 확보할지 모른다.

최치우는 콜로라도에서 목적을 완수하면 펜타곤의 잭 앤더슨을 만날 생각이었다.

독도에서 물의 정령왕 우라노스를 소멸시키고 폭풍우를 잠재웠는데 펜타곤이 관심을 보였다.

그들의 의향을 확인하고, 쓸데없는 의심을 해소하기 위해서한 번은 만나야 될 것 같았다.

"이번에도 정신없이 바쁘겠군."

최치우는 비서팀에서 정리해 준 일정을 확인하며 쓴웃음을 지었다.

중간중간 억지로 짬을 낼 수는 있지만, 기본적으로 눈코 뜰새 없이 바쁜 일정이다.

사람들은 대기업 총수가 놀고먹으면서도 돈을 벌 거라 착각한다.

하지만 실상은 다르다.

가진 게 많아지면 그만큼 잃기도 쉬워진다.

더 높은 곳을 정복하기 위해서가 아니라 현상 유지라도 하려면 죽어라 달리는 수밖에 없다.

그래서 부동산으로 임대료를 받는 건물주와 비즈니스를 일군 사업가는 태생부터 다르다.

최치우는 사업가의 길을 걷고 있기에 현실에 안주할 수 없는 운명이었다.

우웅—

그때였다.

주머니에 넣어둔 스마트폰에서 짧은 진동이 울렸다.

전화는 아니고 메시지가 온 모양이다.

최치우는 별생각 없이 폰을 꺼내 메시지를 확인했다.

[치우야, 도와줘.]

메시지를 확인한 순간, 최치우는 눈살을 찌푸릴 수밖에 없었다.

보낸 사람은 다름 아닌 유은서다.

뉴욕에 살고 있는 그녀가 갑자기 SOS 메시지를 보낸 것이다.

최치우는 망설이지 않고 통화 버튼을 눌렀다.

삐이이— 삐이이— 삐이이—

애꿎은 연결음만 울릴 뿐, 통화가 되지 않았다.

최치우는 시계를 보고 뉴욕 시간을 확인했다.

뉴욕은 지금 늦은 밤이다.

유은서가 이 시간에 말도 안 되는 장난을 칠 가능성은 제로다.

돈을 요구하는 스팸 메시지나 보이스피싱 같지도 않았다.

최치우는 곧장 잭 앤더슨에게 전화를 걸었다.

미국 현지에서 펜타곤의 파워는 상상을 초월한다.

—대표님?

잭이 놀란 목소리로 전화를 받았다.

난데없이 최치우가 직통 전화를 거는 경우는 무척 드문 일이기 때문이다.

최치우는 인사도 생략하고 용건부터 말했다.

"잭, 방금 뉴욕에서 메시지를 받았습니다. UN 국제금융감시위원회 소속 유은서, 다시 말합니다. 유은서가 내게 도와달라는 메시지를 보냈고, 이후 연결이 안 됩니다."

—UN 국제금융감시위원회 소속 직원 은서 유. 맞습니까?

"맞습니다."

잭 앤더슨도 심각한 기색을 파악하고 곧장 유은서의 지위와 이름을 외웠다.

최치우는 원하는 것을 정확히 전달했다.

"무슨 일인지 모르겠습니다. 그러나 펜타곤에서 유은서의 안전을 확보해 주십시오."

—바로 움직이겠습니다.

"나도 당장 전용기를 타고 뉴욕으로 갈 예정입니다."

―뉴욕에서 만나겠네요. JFK 공항에 도착할 때, 유은서 씨의 신병은 펜타곤이 확보하고 있을 겁니다.

"빚은 제대로 갚죠."

최치우는 전화를 끊고 한숨을 내쉬었다.

보통 사람은 바다 건너 미국에서 벌어진 사건에 이렇게 빨리 대응할 수 없다.

하지만 최치우의 네트워크는 차원이 다르다.

그는 방금 전화 한 통으로 펜타곤의 실세를 움직였다.

서울에서 뉴욕까지 비행기로 14시간이 걸리지만, 펜타곤이 나서면 뉴욕 경찰과 특수부대를 포함해 FBI와 CIA도 가동된다.

최치우처럼 세계를 움직이는 사람은 시공간을 초월해 영향력을 행사할 수 있다.

몸은 서울에 있어도 뉴욕의 사고에 즉시 대처하는 게 새삼스럽지 않았다.

물론 그 대가는 어마어마할 것이다.

올림푸스와 펜타곤은 계약을 맺은 파트너다.

그렇지만 공짜로 펜타곤의 전력을 이용하는 건 말이 안 된다.

반대의 경우라도 마찬가지다.

그래도 최치우는 전혀 개의치 않았다.

펜타곤이 유은서를 안전하게 지켜준다면 어떤 대가도 치를 수 있다.

그는 비서팀장에게 전화를 걸어 전용기 스케줄을 잡았다.

원래 전용기를 띄우려면 기장과 부기장, 승무원을 포함해 공항 일정까지 고려해야 한다.

그러나 지금은 이판사판 가릴 처지가 아니다.

무슨 수를 써서라도 최대한 빨리 뉴욕으로 날아가야 될 것 같았다.

그나마 다행인 것은 원래 미국 출장 계획이 잡혀 있었기에 준비가 빠르다는 점이었다.

최치우는 뒷일을 임동혁과 백승수에게 맡기고 인천공항으로 움직였다.

'지금으로선 펜타곤을 믿을 수밖에…….'

미국에서 벌어진 일인데 펜타곤이 손을 못 쓰면 방법이 없다.

우선 잭 앤더슨을 믿고 마음을 차분히 다스려야 한다.

최치우마저 흥분하면 모든 게 수포로 돌아간다.

공항으로 차를 모는 길, 최치우는 거세게 뛰는 심장을 진정시키며 액셀을 밟았다.

*　　　　*　　　　*

최치우는 전용기 안에서 두 눈을 감고 생각에 잠겼다.

평소라면 올림푸스 전속 승무원들이 사근사근한 태도로 필요한 게 있는지 물어봤을 것이다.

하지만 오늘은 누구도 쉽게 말을 붙이지 못했다.

눈을 감은 최치우의 주위에서 범접하기 힘든 기파가 뿜어졌기 때문이다.

온갖 손님들을 다 겪어본 베테랑 승무원도 겁을 먹을 수밖에 없었다.

최치우는 자신도 모르는 사이 내공을 분출했다.

그만큼 깊이 집중하며 사색에 빠져 있었다.

'우라노스를 소멸시켰는데… 어째서 소울 스톤이 나오지 않았던 걸까.'

최치우는 의식적으로 다른 생각을 했다.

그렇지 않으면 14시간 내내 유은서 걱정만 할 것 같았다.

그는 머릿속으로 물의 정령왕 우라노스의 마지막 순간을 떠올려 봤다.

어두운 바다를 환히 밝히는 섬광이 번쩍였고, 해저에서 물줄기가 역류하며 최치우를 수면으로 튕겨냈다.

그러나 소울 스톤은 보이지 않았다.

목숨을 걸고 싸우느라 미처 확인하지 못한 것일까.

'절대 그럴 리 없어.'

아무리 긴박했어도 소울 스톤을 놓칠 최치우가 아니었다.

정령왕의 소울 스톤에는 그야말로 땅을 뒤엎는 에너지가 담겨 있을 것 같았다.

최상급과 상급 정령의 소울 스톤으로도 도시 하나를 먹여 살릴 수 있다.

'정령왕의 소울 스톤이라면… 작은 나라 하나를 감당할 수 있을 텐데.'

생각하면 할수록 아쉬웠다.

최치우는 다시 우라노스와의 혈전을 차근차근 되짚었다.

'미쓰릴 필드가 해제되는 순간, 그래비티로 중력을 허물고 마법을 펼쳤지.'

몇 번을 돌이켜 봐도 전율이 돋을 만큼 짜릿한 순간이었다.

과학과 마법의 조화로 우라노스를 무너뜨리고, 마무리는 무공으로 장식했다.

최치우는 미쓰릴 단검을 든 채 권왕의 아랑권 맹아일격을 우라노스의 머리에 꽂아 넣었다.

그때의 감각이 여전히 손끝에 생생하게 남아 있었다.

'섬광, 역류, 그리고……'

뭔가 잡힐 듯 잡히지 않았다.

그렇게 집중하길 몇 분이나 지났을까.

어쩌면 몇 시간이 훌쩍 지났는지 모른다.

최치우는 우라노스와의 대혈전을 끝없이 반복하며 곱씹었다.

단순히 사라진 소울 스톤의 행방을 기억하기 위해서만은 아니다.

우라노스와 싸우며 최치우의 전투력은 한 단계 도약했다.

무공과 마법의 조화에 과학까지 더하며 완전히 새로운 싸움을 할 수 있게 된 것이다.

그때의 전투력을 100% 자기 것으로 만들려면 복기(復棋)가 필수다.

매번 우라노스 같은 괴물과 실전을 벌일 수는 없다.

경험을 바탕으로 시뮬레이션 훈련을 계속하면 그만큼 강해질 수 있다.

'섬광이 번쩍인 그 순간!'

최치우가 눈을 떴다.

그는 전용기에 탑승한 이후 계속 눈을 감고 있었다.

그런데 번뜩 뇌리를 스치고 지나간 충격이 눈을 뜨게 만들었다.

'우라노스가 소멸하며 발생한 섬광이… 내 온몸을 덮었어. 그리고 역류가 일어나 수면으로 올라갔고.'

최치우는 자신이 놓치고 있던 한 조각의 퍼즐을 찾았다.

물의 정령왕 우라노스는 그냥 소멸된 것이 아니었다.

캄캄한 바닷속을 밝히는 엄청난 섬광을 발산했는데, 그 빛의 정수가 최치우의 몸을 감쌌다.

찰나에 불과하지만 우라노스의 에너지가 최치우에게 스며든 것이다.

최치우는 자신의 두 손을 바라봤다.

물의 정령왕은 소울 스톤 대신 에너지 자체가 되어 부서졌다.

그 순간을 온전히 누린 최치우 안에 우라노스의 힘이 담겼을 것이다.

'찾아내야 한다.'

최치우는 자신도 의식하지 못했던 비밀을 깨달았다.

정령왕은 다른 정령들처럼 소울 스톤을 남기지 않는다.

그 힘의 파편은 우라노스를 소멸시킨 당사자, 최치우에게 전수된 셈이다.

아직은 우라노스의 에너지를 어떻게 쓸 수 있는지 감이 잡히지 않았다.

그러나 분명 단서가 있을 것이다.

최치우는 자신 안에 깃든 우라노스의 에너지를 그리며 또 눈을 감았다.

마법과 무공, 과학으로 끝나는 게 아니라 정령왕의 힘까지 쓸 수 있게 되면 무서울 것이 없다.

서울에서 뉴욕으로 날아가는 14시간 동안 최치우는 몇 배 더 강해지고 있었다.

마치 시간이 멈춘 공간에 들어간 기분이었다.

그렇게 가까스로 유은서에 대한 걱정을 억누른 최치우가 곧 뉴욕에 도착한다.

만약 그가 JFK 공항에 도착했을 때 펜타곤이 유은서의 안전을 확보하지 못했다면 어떻게 될까.

세계의 수도라 불리는 뉴욕에 한바탕 폭풍이 몰아칠 수도 있다.

누구도 말릴 수 없는 폭풍의 눈 최치우가 올림푸스 전용기를 타고 하늘을 가르고 있었다.

       *   *   *

쿠구궁─

철문이 열렸다.

맨해튼에서 자동차로 1시간 거리, 뉴욕 북부 브롱스(Bronx)에 위치한 폐공장 안으로 창백한 피부를 자랑하는 남자가 들어왔다.

공장을 지키고 있던 건장한 남성들이 일제히 고개를 숙였다.

호리호리한 체격의 남자는 자신을 향한 인사를 거들떠보지도 않았다.

다른 사람은 안중에도 두지 않는 오만한 걸음걸이와 태도.

핏줄부터 다르다는 듯 자신감에 가득 찬 표정과 차가운 눈빛.

귀족 뱀파이어를 연상시키는 남자는 바로 에릭 한센이다.

뉴욕의 금융가를 주름잡는 그가 브롱스의 폐공장까지 온 이유는 하나뿐이다.

에릭 한센의 조직원들이 납치한 사람을 직접 보기 위해서였다.

"은서 유. UN의 햇병아리 주제에 너무 많은 걸 알아버렸습니다."

에릭은 의자에 묶여 있는 유은서를 쳐다봤다.

우버를 타고 귀가하는 길에 납치당한 그녀가 에릭을 노려봤다.

유은서는 저항하는 과정에서 뺨을 몇 대 맞았는지 얼굴에 상처가 나 있었다.

하지만 그 외에 특별히 다친 곳은 없어 보였다.

문제는 지금부터다.

에릭의 한마디에 유은서의 목숨이 달렸다.

"누구의 사주로 발칙한 조사를 했는지 묻고 싶지만, 더 궁금한 게 생겼습니다."

에릭이 고개를 숙여 유은서의 코앞에 얼굴을 내밀었다.

가까이서 본 그의 얼굴은 이 세상 사람처럼 느껴지지 않았다.

조각 같은 이목구비는 너무 완벽했고, 그에 반해 핏기라고는 찾아볼 수 없는 새하얀 피부와 푸른 눈동자는 기괴할 지경이었다.

에릭 한센은 무감정한 표정으로 붉은 입술을 달싹였다.

"대체 너 따위가 뭐라고 펜타곤이 나서서 뉴욕 시내를 뒤집고 다니는지……. 그것부터 말해봅시다."

"펜타곤? 무슨 말인지 모르겠어요."

유은서는 에릭의 눈을 똑바로 쳐다보며 대답했다.

공포를 느낄 수밖에 없는 상황이지만 마음을 단단히 먹었다.

스윽—

에릭이 고개를 옆으로 꺾었다.

그의 얼굴에 기계처럼 냉소적인 웃음이 번졌다.

"UN의 말단 직원을 구하기 위해 펜타곤이 움직일 일은 없습니다."

"나도 모르는 일이에요."

꽈악!

그 순간, 에릭이 손을 뻗어 유은서의 목을 움켜쥐었다.

"말장난하지 맙시다, 은서 유. 지금 당장 죽여 버리고 싶어지니까."

분위기가 급격히 냉랭해졌다.

에릭은 차분하기 짝이 없는 말투로 죽음을 이야기했다.

단순한 협박은 아니다.

그는 손에 피를 묻히는 걸 겁내지 않는다.

하지만 유은서는 더 지혜로웠다.

"펜타곤이 나를 찾는다고 했죠? 만약 내가 잘못되면… 펜타곤이 책임을 물을 것 같은데 괜찮겠어요?"

그녀가 에릭 한센의 정곡을 찔렀다.

펜타곤이 움직이는 걸 알아차린 이상, 에릭도 유은서를 UN의 말단 직원으로 가볍게 생각할 수만은 없다.

괜히 펜타곤과 얽혀서 뒷일을 크게 만들면 골치 아파지기 때문이다.

유은서의 목을 움켜쥔 에릭의 손이 부들부들 떨렸다.

원래는 쓸데없는 뒷조사를 한 UN 직원을 가볍게 손봐줄 생각이었다.

배후가 있다면 캐내서 협박과 회유로 조사를 무마시키면 끝났을 일이다.

그런데 예상과 달리 일이 복잡해지고 있었다.

처억.

에릭은 손을 거두고 부하들에게 지시를 내렸다.

"펜타곤의 어느 라인이 움직였는지 알아보세요. 그리고 펜타곤을 나서게 만든 저 여자의 모든 정보도 남김없이."

유은서는 꽁꽁 묶인 다리가 저절로 떨리는 걸 느꼈다.

태어나 경험해 본 적 없는 두려움이 본능을 자극하고 있었다.

'겁먹으면 안 돼. 그럼 얕보이게 될 거야. 정신 차리자, 유은서. 치우가 도와줄 거야. 치우가……'

유은서가 내면의 용기를 끄집어내는 사이, 에릭은 부하들에게 화풀이를 하고 있었다.

머지않아 의외의 장소에서 최치우와 에릭 한센이 재회하게 될 것 같았다.

8장
소중한 사람

 TV를 보면서 가만히 앉아만 있어도 몇 시간이 훌쩍 지나간다.

 하지만 그 몇 시간 동안 아주 많은 일을 해내는 사람들도 있다.

 우선 펜타곤의 천재 요원이자 실세, 잭 앤더슨이 그런 부류였다.

 그는 뉴욕 경찰은 물론이고, 최강의 수사력을 자랑하는 FBI를 직접 움직이게 만들었다.

 펜타곤의 긴급 요청은 FBI 고위층에서도 섣불리 외면할 수 없다.

 사실 펜타곤과 CIA, FBI는 은연중 서로 경쟁하는 사이다.

그렇지만 도울 때는 화끈하게 돕고, 그 빚을 톡톡히 받아낸다.

특히 규모나 세력 면에서 가장 거대한 펜타곤의 요청은 내심 반가운 일이다.

나중에 도움의 대가로 받을 수 있는 혜택도 펜타곤 건물 크기만큼 엄청나기 때문이다.

"마지막 행적은 브롱스, 전 요원들에게 다시 전한다. 타깃의 마지막 행적은 브롱스."

선글라스로 얼굴을 반쯤 가린 중년 남자가 무전을 했다.

납치 수색에 특화된 FBI는 벌써 포위망을 좁히고 있었다.

유은서를 납치한 범인들이 브롱스에 숨어들었다는 것을 정확히 알아냈다.

무전을 마친 남자는 살짝 미소를 지었다.

내일 아침 해가 뜨기 전, 펜타곤의 부탁을 들어줄 수 있을 것 같았다.

브롱스는 뉴욕의 우범지대로 떠오르고 있다.

예전에는 맨해튼의 할렘이 손꼽히는 위험지역이었지만, 머나먼 과거의 일이다.

이제 할렘도 엄청난 월세를 자랑하는 핫 플레이스로 바뀐 지 오래다.

그렇게 밀려난 빈민과 갱스터들은 브롱스로 이주했다.

하지만 FBI가 마음먹고 뒤지면 브롱스를 탈탈 터는 건 일도 아니다.

"납치 수법은 프로페셔널 냄새가 나지만… 펜타곤이 신경 쓰는 여자를 건드리다니, 멍청한 놈들."

FBI의 요원들을 지휘하는 중년인이 얼굴 모를 범인들을 비웃었다.

아마 그들도 미처 몰랐을 것이다.

만약 펜타곤이 엮인 걸 미리 알았다면 훨씬 치밀한 작전을 짤 수밖에 없다.

치익—

중년인은 담배를 꺼내 입에 물고 불을 붙였다.

할리우드 영화 속 탐정처럼 저벅저벅 걸어가는 그의 뒷모습에서 제법 강한 아우라가 느껴졌다.

유은서를 구하기 위해 미국 최고, 아니, 세계 최고의 전문가들이 움직이고 있었다.

*   *   *

"최치우의 여자… 이거 정말 뜻밖의 대어가 걸렸습니다."

에릭 한센의 푸른 눈동자가 기분 나쁘게 번들거리고 있었다.

그는 마치 먹이를 앞둔 흡혈귀처럼 붉은 혀를 날름거리며 입맛을 다셨다.

최치우 때문에 에릭 한센이 입은 타격은 어마어마하다.

그의 여동생이 미국 법원에 구속까지 됐던 것은 약과에 지나지 않는다.

금전적인 손해를 합하면 족히 1조 원은 넘을 것이다.

뿐만 아니라 네오메이슨의 입지도 엄청나게 위축됐다.

네오메이슨은 금융계 영향력을 바탕으로 세계 각국에서 승 승장구하며 온갖 정책을 주물러 왔다.

그들이 원하는 정책과 사업은 쭉쭉 키웠고, 눈엣가시인 것들 은 무슨 수를 써서든 망가뜨렸다.

네오메이슨의 위세가 여전했다면 전기차 사업은 여전히 수 면 위로 부상하지 못했을 것이다.

하지만 최치우라는 괴물이 등장해 판을 어그러뜨리기 시작 했다.

다 죽어가는 T-모터스를 인수해 퓨처 모터스로 되살렸고, 럭셔리 전기차 제우스 S는 선망의 대상이 됐다.

요즘 제우스 S는 전 세계에서 없어서 못 파는 상황이고, 체 험관인 제우스 파크는 어린이들이 디즈니랜드보다 더 가고 싶 은 장소로 자리매김했다.

그게 전부가 아니다.

소울 스톤으로 대체에너지 산업에 대한 관심을 증폭시킨 게 뼈아팠다.

광명과 라이프치히의 소울 스톤 발전소는 일종의 상징이다.

두 곳에서 생산하는 전기로 도시가 돌아가는 모습을 보여주 는 것보다 더 강한 자극은 없다.

발전소를 지켜본 주요 국가에서 대체에너지개발에 투자하게 끔 만드는 강력한 동기인 셈이다.

덕분에 석유 기득권 유지를 위해 물불을 가리지 않았던 네오메이슨은 심각한 위기를 맞이하게 됐다.

투자금을 손해 보는 정도가 아니다.

그들이 주도했던 세계의 패러다임 자체가 흔들리고 있었다.

어느 날 갑자기 대한민국에서 툭 튀어나온 최치우라는 사람 단 한 명 때문에 말이다.

네오메이슨의 선봉장 역할을 맡은 에릭 한센이 최치우를 얼마나 싫어하는지, 굳이 설명이 필요 없을 것 같았다.

"주제 모르고 날뛰는 애송이인 줄 알았는데, 당신 덕에 최치우에게 아주 좋은 선물을 하게 됐습니다."

에릭 한센이 유은서에게 다가갔다.

그녀는 10시간이 넘는 감금에 지쳤지만 자존심을 잃지 않았다.

의자에 묶여 혈액순환도 안 되고, 탈수 증세까지 찾아왔다.

코앞까지 드리운 죽음의 공포도 무시할 수 없다.

하지만 유은서는 최치우의 여자였다는 자부심으로 꿋꿋이 버티고 있었다.

"무슨 짓을 해도 난 굴복하지 않아."

그녀는 자기 자신에게 다짐을 하듯 조용히 읊조렸다.

체력이 바닥난 상황에서 유은서가 할 수 있는 최대한의 저항이었다.

에릭은 노골적으로 그녀를 비웃으며 대답했다.

"굴복 따위는 필요 없습니다. 최치우와 펜타곤을 움직이게 만든 여자라면… 그에 걸맞은 대우를 해줘야겠지요."

처억!

에릭이 팔을 뻗었다.

그러자 한동안 사라졌다 돌아온 조직원 한 명이 냉큼 달려와 뭔가를 건넸다.

에릭의 손바닥 위에 놓인 건 작은 캡슐이었다.

얼핏 봐선 평범한 알약과 다를 게 하나도 없다.

그러나 무서운 기술력이 응축된 독약이었다.

"이게 뭘까요?"

"……."

"당신, 바로 최치우의 여자를 죽일 수 있는 독약입니다. 하지만 걱정 말아요. 이걸 먹는다고 바로 죽는 게 아니니까."

에릭 한센은 이 상황이 재밌어 죽겠다는 듯 히죽거리며 설명을 계속했다.

몇 년 동안 네오메이슨에게 치명타를 가했던 최치우의 여자인 유은서를 사로잡아 한껏 기분이 업된 것 같았다.

"앞으로 이틀 동안은 아무 일도 일어나지 않을 겁니다. 하지만 정확히 48시간이 지나는 순간, 온몸으로 독이 퍼져 손쓸 틈도 없이 즉사하겠지요. 올림푸스에서 만든 프로메테우스를 먹어봤자 48시간을 72시간으로 늘리는 것뿐, 근본적인 해독제는 이 세상에서 나만 가지고 있습니다. 어때요, 놀랍지요?"

설명을 마친 에릭은 강제로 유은서의 입을 벌렸다.

유은서는 고개를 휘저으며 발버둥 쳤지만 부질없는 짓이었다.

건장한 성인 남성도 화장실 갈 때를 빼고 의자에 10시간 이상 묶여 있으면 기진맥진 쓰러진다.

에릭은 극소량의 물만 먹이며 유은서의 체력을 완전히 소진시켰다.

그렇기에 고개를 몇 번 흔들고 축 늘어질 수밖에 없었다.

"주는 대로 처먹어야지요. 그게 노예들의 운명이니까."

에릭 한센은 소름 돋는 섬뜩한 말을 내뱉으며 유은서의 입에 캡슐을 밀어 넣었다.

억지로 캡슐을 삼킨 유은서의 눈가가 촉촉해졌다.

해독제가 없으면 죽음에 이르는 지독한 약을 먹었는데 정신이 멀쩡할 사람이 누가 있겠는가.

그럼에도 불구하고 유은서는 눈물을 흘리지 않았다.

그녀의 마지막 자존심이 에릭 앞에서 우는 것을 용납할 수 없는 것이다.

"그 빌어먹을 최치우의 여자 아니랄까 봐 제법 독하지만, 그래 봐야 당신의 목숨은 내 손에 달려 있습니다. 해독제를 구할 수 있는 방법은 단 하나, 최치우가 나를 찾아와 무릎을 꿇고 복종하는 것이지요. 간단하지 않습니까?"

"치우는 절대… 그러지 않을 거야, 절대로."

"그럼 당신이 죽어야지요. 그놈의 사랑이 진짜인지 아닌지 즐거운 마음으로 기다리겠습니다."

끝까지 히죽거린 에릭 한센이 등을 돌렸다.

그의 얼굴은 금세 무표정하게 돌아왔다.

마치 상황에 따라 가면을 바꿔 쓰는 것 같았다.

"곧 펜타곤이 따라붙을 테니 깔끔하게 정리합시다."

에릭 한센은 감정이 하나도 담기지 않은 목소리로 지시를 내렸다.

유은서를 납치한 조직원들은 프로 중의 프로다.

펜타곤이 엮이며 일이 꼬였지만, 흔적을 남기지 않고 철수하는 것쯤은 식은 죽 먹기다.

FBI가 도착해도 브롱스의 폐공장에서 증거를 찾아내긴 힘들 것이다.

에릭은 조명이 꺼진 공장에 혼자 남겨지게 될 유은서를 돌아봤다.

그는 자신의 신분을 밝힌 것이나 다름없다.

유은서가 독약 캡슐 이야기를 꺼내면 최치우는 에릭의 소행이라 확신할 것이다.

그래도 거리낌이 없었다.

물증 없이는 FBI나 펜타곤도 에릭 한센을 함부로 수사하지 못한다.

미국 사회에서 에릭이 휘두르는 영향력도 만만치 않다.

에릭은 최치우도 이번만큼은 경거망동하기 힘들 거라고 판단했다.

유은서의 생명이 달린 해독제를 에릭이 가진 이상, 어떻게든 저자세로 협상을 할 수밖에 없을 것 같았다.

'저 여자의 목숨을 대가로 뭘 받아낼까? 우선 내 앞에서 무

룹부터 꿇려야지. 최치우… 드디어 지난 수모를 갚아주게 됐
다.'

에릭은 다른 곳도 아닌 뉴욕에서 최치우에게 굴욕을 당한
적이 있다.

그 빚을 갚아줄 차례가 왔다고 생각했다.

유은서를 남겨두고 떠나는 에릭의 입가에 비릿한 미소가 오
래도록 맺혀 있었다.

＊　　　　＊　　　　＊

뉴욕 JFK 공항에 도착한 최치우는 잭 앤더슨의 전화를 받고
맨해튼의 병원으로 향했다.

전용기를 준비하고, 인천공항에서 뉴욕까지 날아오는 데 17시
간 정도가 걸렸다.

그사이에 펜타곤은 유은서의 신병을 확보했다.

정확히 말하면 FBI가 나서서 그녀를 찾아낸 것이지만, 어쨌
든 최치우는 펜타곤 덕을 톡톡히 봤다.

그는 어떤 형태로든 확실하게 대가를 치를 생각이었다.

다만 지금은 유은서의 안전을 직접 확인하는 게 먼저다.

병원에 도착한 최치우는 VIP들이 입원하는 특실로 안내를
받았다.

어떤 병실에 유은서가 입원했는지 알아내는 건 어렵지 않았
다.

간호사들에게 군이 물어볼 필요도 없었다.

검은 정장을 입은 경호원들이 유은서의 병실 입구를 지키고 있었기 때문이다.

"들어가겠습니다."

최치우는 자신의 이름을 밝히지 않았다.

경호원들은 한눈에 그의 얼굴을 알아보고 고개를 숙였다.

세계 어디서나 얼굴이 명함이 되는 사람, 펜타곤 소속 경호원들마저 긴장시키는 사람이 바로 최치우다.

"대표님."

병실에 들어가자 잭 앤더슨이 보였다.

최치우는 그에게 목례를 하고 고개를 돌렸다.

유은서의 안위가 가장 궁금했기 때문이다.

"치우야……"

다행히 유은서는 괜찮아 보였다.

뉴욕 최고의 병원 특실답게 병상은 호텔 침대처럼 넓었다.

유은서는 핼쑥해진 안색으로 누워 있었지만, 심각한 부상을 입은 것 같지는 않았다.

최치우는 그녀에게 다가갔다.

저도 모르게 누워 있는 유은서의 손을 꼭 잡은 최치우가 입을 열었다.

"괜찮아? 내가 너무 늦었지."

"난 괜찮아. 진짜 괜찮아. 너한테 폐를 끼친 것 같아서 미안해."

"어떻게 된 일이야?"

최치우는 유은서의 상태가 안정적임을 확인하고 질문을 던졌다.

그때 뒤쪽에 있던 잭 앤더슨이 나섰다.

"제가 설명을 드리겠습니다."

최치우는 잭으로부터 자초지종을 들을 수 있었다.

유은서가 의심스러운 금융 거래를 추적했고, 갑자기 납치를 당해 독약을 먹었다는 이야기까지.

잭의 설명을 들은 최치우는 곧장 한 사람을 떠올렸다.

"에릭 한센. 감히—!"

최치우가 분노를 터뜨렸다.

유은서를 의식해 기운을 억제했지만, 최치우의 눈앞에 서 있는 잭 앤더슨은 무시무시한 살기를 느꼈다.

펜타곤의 천재 요원을 움츠러들게 만든 최치우가 화를 삼키며 말했다.

"그런 짓을 벌일 사람은 에릭 한센뿐입니다. 당장 조사하고, 해독제를 받을 수 없겠습니까?"

"그건 아무리 우리라고 해도 어렵습니다."

"증거가 없기 때문에?"

"한센 가문을 함부로 건드리면 펜타곤도 정치적으로 위기에 빠질 수 있습니다. 피해자인 유은서 씨의 증언을 제외하면 어떤 증거도 없는 상황입니다."

"48시간 뒤에 즉사한다는 독약은 어떻습니까?"

"이곳에서 정밀 검사를 마친 결과 유은서 씨의 체내에서 독성분은 발견되지 않았습니다."

"발견을 못 한 거겠지. 에릭이, 그리고 은서가 없는 말을 지어냈을까."

최치우가 숨을 죽이며 날카롭게 반응했다.

그의 짙은 눈동자에 맺힌 분노가 예사롭지 않았다.

잭 앤더슨은 어떤 말을 꺼내야 할지 몰랐다.

최치우는 펜타곤에서 컨트롤할 수 있는 인물이 아니기 때문이다.

"잭, 펜타곤의 도움은 고맙게 생각합니다. 언젠가 이 대가는 반드시 갚죠."

"어떻게 하실 생각이신지 물어봐도 되겠습니까?"

"지금부터는 내 방식대로 합니다. 펜타곤은 여기에서 빠지면 고맙겠습니다."

천하의 펜타곤에게 빠지라는 말을 할 수 있는 사람이 지구에 몇 명이나 될까.

최치우는 서슴없이 날카로운 이빨을 드러내고 있었다.

그가 이토록 작심하고 화를 낸 적은 거의 없다.

적어도 다른 사람들 앞에서는 항상 차분함을 유지하려 했었다.

그러나 이번 일은 사안이 다르다.

에릭 한센은 절대 넘지 말아야 할 선을 오가며 장난을 쳤다.

유은서의 몸에 독약 캡슐을 심어 넣은 게 에릭의 가장 큰 실수었다.

"하지만 대표님, 여기는 뉴욕입니다. 그리고 이곳에서 한센 가문의 힘은……."

"펜타곤이 대신 걱정해 줄 필요는 없습니다. 은서의 독약도, 에릭의 죗값도 내가 직접 해결할 테니까."

최치우의 태도는 단호하기 그지없었다.

천재 중의 천재로 불리는 잭 앤더슨도 최치우가 무슨 일을 벌일지 짐작하기 어려웠다.

뉴욕의 어두침침한 하늘 아래에서 감당하기 힘든 사달이 일어날 것 같았다.

*   *   *

─안 그래도 기다리고 있었습니다.

전화기 너머 에릭의 목소리가 울렸다.

최치우는 흥분하지 않았다.

폰을 붙잡고 화를 내봐야 자신만 우스워질 따름이다.

그가 전화를 건 목적은 따로 있었다.

유은서를 납치하고, 독이 든 캡슐을 먹인 장본인이 에릭 한 센이 맞는지 확인하는 게 우선이다.

"은서에게 장난을 친 것 같은데."

─장난이라니, 그렇게 말하면 섭섭하지요.

"에릭."

최치우가 목소리를 낮게 깔고 에릭의 이름을 불렀다.

하지만 에릭 한센은 이죽거리는 걸 멈추지 않았다.

자신이 완전히 승기를 잡았다고 생각하는 것이다.

—이제 35시간쯤 남았나요? 그때가 되면 장난이라고 말하지 못할 텐데…….

"원하는 걸 정확히 말해."

—간단합니다. 맨해튼의 한센 빌딩으로 와서 내 앞에 무릎을 꿇는 것. 그리고 현장에서 퓨처 모터스 지분을 내게 매각하면 바로 해결해 주겠습니다.

에릭은 퓨처 모터스 지분과 해독제를 바꾸자는 의사를 내비쳤다.

사실 말도 안 되는 소리다.

퓨처 모터스는 제우스 S를 성공적으로 출시했고, 전 세계에 제우스 파크를 오픈하며 승승장구하고 있다.

요즘 같은 상황에서는 억만금을 줘도 퓨터 모터스의 지분을 안 파는 게 정답이다.

황금 알을 낳는 거위를 통째로 넘기는 바보가 어딨겠는가.

더구나 에릭 한센과 네오메이슨은 전기차 산업을 망치기 위해 화재까지 일으켰었다.

그들이 퓨처 모터스 대주주가 되면 또 무슨 짓을 벌일지 모른다.

유은서를 통해 기회를 잡았다고 억지를 부리는 것이다.

"자신만만하군."

―퓨처 모터스가 아까우면 나를 찾아오지 않아도 됩니다. 난 크게 아쉬울 게 없어요.

"35시간, 그 전에 널 찾아가지."

―특별히 부드러운 카펫을 깔고 기다리지요. 무릎 꿇기 편하도록.

에릭이 비웃음을 머금고 전화를 끊었다.

그는 최치우의 말뜻을 다르게 해석했다.

독약이 발효되기 전에 최치우가 자신을 찾아와 굴복할 거라고 믿는 것이다.

그러나 최치우는 에릭에게 무릎을 꿇을 생각이 추호도 없었다.

퓨처 모터스 지분이 유은서의 생명보다 소중하기 때문은 아니다.

잭 앤더슨에게 말한 것처럼 자신만의 방법으로 문제를 해결할 자신이 있기 때문이다.

"넌 지옥을 경험하게 될 거다, 35시간 안에."

최치우는 분노를 꾹꾹 눌러 속으로 씹어 삼키며 혼잣말을 뱉어냈다.

짧은 전화 통화로 에릭 한센이 주범이라는 것을 확인했다.

이제 차례대로 움직일 일만 남았다.

*　　　　*　　　　*

최치우는 유은서의 병실로 돌아왔다.

그는 의료진에게 양해를 구했다.

신호를 줄 때까지 아무도 병실 안으로 못 들어오게 막은 것이다.

병실 입구를 지키고 있는 펜타곤 소속 경호원들에게도 당부를 했다.

안에서 무슨 소리가 들려도 신경 쓰지 말라고 단단히 일러뒀다.

사실 이해하기 힘든 지시였다.

호텔 스위트룸처럼 넓은 병원 특실에서 단둘이 뭘 하려고 출입을 차단하는 것일까.

이상한 생각을 할 수밖에 없다.

하지만 지시를 내린 사람이 올림푸스 CEO 최치우다.

미심쩍은 일이라도 무조건 따를 수밖에 없다.

최치우의 이름 석 자가 갖는 권위는 미국에서도 절대적이다.

잠시 다른 일을 보기 위해 병원 밖으로 나간 잭 앤더슨도 펜타곤 경호원들에게 엄중한 명령을 내려놓았다.

무슨 명령이든 최치우의 말을 자신의 것처럼 따르라고 한 것이다.

철컥—

병실 문을 잠근 최치우가 유은서에게 다가갔다.

그는 불안한 표정을 짓는 유은서를 쳐다보며 천천히 입을 열었다.

"은서야."

"응, 치우야."

"네가 먹은 캡슐은 지금부터 서른 시간 정도가 지나면 독을 온몸에 퍼뜨릴 거 같다."

"그냥 협박이 아닌 거지?"

"내가 아는 에릭은 없는 말을 지어내 협박을 할 사람이 아냐. 병원에서 찾아내지 못하는 특수한 독약을 썼겠지."

유은서의 표정이 자못 심각해졌다.

만 하루가 지나면 독이 퍼져 죽을지도 모른다.

이런 이야기를 듣고 평온할 수 있는 사람은 아무도 없다.

하지만 최치우는 두 팔을 뻗어 그녀의 어깨를 조심스레 감쌌다.

"네가 날 믿어주면… 내 힘으로 독을 해결해 볼게. 조금 고통스러울 수 있겠지만, 지금으로선 그게 최선일 것 같다."

"믿을게."

유은서는 오래 고민하지 않았다.

최치우가 말을 꺼내자마자 고개를 끄덕였다.

"정말 괜찮겠어?"

"내가 여기서 너 말고 누구를 믿을 수 있겠어. 그리고 혹시 결과가 안 좋아도 원망하지 않을 테니까… 뭐든 편하게 해줘."

그녀의 진심이 느껴졌다.

최치우는 유은서를 똑바로 쳐다보며 의지를 다졌다.

"빠르면 30분, 길면 1시간 정도. 대신 예상 못 한 고통이 느껴질 수도 있어. 그래도 절대 크게 움직이지 않고 참아야 해."

"해볼게, 치우야."

"그럼 상의를 전부 탈의하고 뒤로 돌아서 앉아줘. 자세는 양반다리, 가부좌를 틀고."

"응? 옷을 다 벗고?"

"그래야만 해."

최치우는 단호하게 대답했다.

애들 장난을 하는 게 아니기 때문이다.

추궁과혈(推宮過穴)로 독기를 빼내기 위해선 한 꺼풀의 옷도 용납할 수 없다.

최치우와 유은서는 커플이던 시절 서로의 모든 것을 보며 사랑을 나눈 사이다.

그렇지만 벌써 몇 년이 훌쩍 지났다.

유은서 입장에서는 갑자기 최치우 앞에서 상의를 전부 벗는 게 부담스러울 수밖에 없다.

"알겠어. 잠시만."

그래도 목숨이 달린 일이다.

유은서가 등을 돌리고 병원복과 티셔츠, 그리고 속옷을 모두 벗었다.

그녀는 상의를 탈의한 채 가부좌를 트는 것까지 마쳤다.

일반 병실과 달리 병상이 워낙 넓어서 가부좌를 틀고 앉아도 공간이 넉넉했다.

"다 했어."

최치우는 병상에 바짝 붙어 그녀의 새하얀 등을 마주 보고 섰다.

"후우—"

깊은 숨을 들이마신 최치우가 단전의 내공을 끌어 올렸다.

추궁과혈은 본래 상대의 기운을 자극해 혈도를 뚫어주는 수법이다.

하지만 그 원리를 응용하면 몸 안에 숨어든 독을 제거할 수도 있다.

대신 내공 소모가 만만치 않다.

자칫 잘못하면 추궁과혈을 하는 사람과 받는 사람 모두 주화입마에 빠진다.

최치우는 주화입마라는 리스크를 감수하며 유은서의 등 뒤에 선 것이다.

"시작할게. 마음 단단히 먹어."

"아무리 힘들어도 버틸 거야."

유은서의 대답을 들은 최치우가 손을 뻗었다.

그의 손가락 마디마디마다 뜨거운 내공이 가득 차 있었다.

최치우는 망설이지 않고 유은서의 혈도에 손가락을 꽂았다.

푹— 푹푹!

운동선수도 감당하기 힘든 점혈(點穴)이 이어졌다.

유은서는 이를 악물고, 식은땀을 뻘뻘 흘리면서 고통을 참아냈다.

우선 에릭이 먹인 독약 캡슐이 어디에 위치하고 있는지 알아내야 한다.

캡슐은 진즉 위에서 녹았을 것이다.

문제는 독기(毒氣)다.

캡슐을 타고 유은서의 몸으로 들어온 독기는 앞으로 35시간이 지나기만을 기다리며 숨어 있다.

인간의 몸에는 혈도가 있고, 단전에서 시작된 기운이 혈도를 따라 전신을 돌아다닌다.

독기 역시 기경팔맥 혈도 어딘가에 웅크리고 있을 것이다.

슈슈슈숙—

최치우는 두 눈을 감았다.

모든 정신을 추궁과혈에 집중시켰다.

그의 내공이 유은서의 몸으로 들어가 전신 혈도를 따라 돌아다니고 있었다.

본의 아니게 유은서의 몸 안 곳곳을 탐색하고 다니는 셈이다.

그래서 추궁과혈을 하다 보면 일체감을 느끼게 된다.

몸이 가까워지면 마음도 가까워지는 것은 불변의 진리다.

서로의 기운이 섞이고, 혈도 구석구석을 헤집는 것은 일반적인 스킨십과 비교할 수 없는 일이다.

물론 지금은 독기를 찾느라 감상에 빠질 여유가 없다.

그러나 추궁과혈이 끝나면 두 사람은 서로의 내밀한 부분을 보여준 일체감을 공유하게 될 것이다.

'찾았다!'

최치우가 눈을 번쩍 떴다.

그의 검은색 눈동자에 희열이라는 감정이 떠올랐다.

캡슐의 독기는 유은서의 운월혈에 똬리를 틀고 있었다.

운월(䕺月)은 쇄골 아래에 위치하는 혈도다.

기를 운용하는 데 상대적으로 덜 중요한 위치지만, 여기서 독 기운이 폭발하면 인체에 치명적이다.

심장과 머리에 가깝기 때문에 말 그대로 즉사할 확률이 높다.

에릭 한센이 자신만만한 이유가 있었다.

최치우가 혈도 하나하나를 세심하게 살피지 않고, 백회혈에서 단전으로 이어지는 주요 혈도만 확인했다면 깜빡 놓쳤을 것이다.

"좀 많이… 아플 거 같다."

최치우는 유은서에게 한 번 더 경고를 했다.

그리고 내공을 모아 운월혈로 집중시켰다.

"으음……."

결국 유은서의 입술 사이로 신음이 흘러나왔다.

아마 그녀는 쇄골에 뜨거운 쇳덩이를 붙인 듯 엄청난 통증을 느낄 것이다.

독을 불태우기 위한 최치우의 내공이 쇄골 아래에 모였기 때문이다.

'한 번의 실수로 은서를 잃는다. 정확하게, 그리고 확실하게!'

최치우는 물의 정령왕 우라노스와 싸울 때만큼 전력을 다했다.

그때의 실수는 자신의 목숨을 앗아가지만, 여기서 실수하면 유은서가 죽는다.

한 치의 실수도 용납할 수 없는 상황이긴 마찬가지다.

화르르르륵─!

운월혈에 모인 최치우 내공이 한순간 기염을 토해냈다.

"아아─!"

유은서가 신음인지 비명인지 모를 소리를 질렀다.

하지만 용케도 몸을 뒤틀거나 흔들진 않았다.

여전히 최치우의 두 손은 그녀의 등에 딱 붙어 내공을 조종하고 있었다.

"크흐음!"

이윽고 거친 소리와 함께 유은서가 검은색 핏덩이를 토해냈다.

병상의 하얀 이불과 시트가 붉게 물들었지만, 최치우의 표정은 더없이 환해졌다.

"끝났어. 다 됐다, 은서야."

그녀의 등에서 손을 뗀 최치우가 안도의 한숨을 쉬었다.

유은서는 아직 통증의 여운에서 벗어나지 못했다.

그러나 죽음의 위기에서 벗어났다는 건 확연히 느낄 수 있었다.

"쇄골이 계속 뜨거워."

"아마 화상을 입은 것처럼 한동안 불편하겠지. 그래도 곧 나아질 테니 걱정하지 마."

최치우는 유은서를 다독였다.

독 기운을 불태운 것만으로는 부족하다.

그는 후속 조치까지 꼼꼼히 챙길 작정이었다.

"올림푸스에 산신령이라고 불리는 어르신이 있어. 곧 한국에서 뉴욕으로 오는 비행기를 탈 거야. 그분이 널 돌봐줄 테니 예전보다 더 건강해지겠다."

최치우는 올림푸스 제약 파트에서 고문으로 일하는 산신령 허철후를 뉴욕으로 불렀다.

덩달아 한강대교에서 구해준 박우식도 함께 호출했다.

허철후 옆에서 보고 배우면 박우식이 한의사가 되는 데 큰 도움이 될 것이다.

"넌 이제… 다시 서울로 가는 거야?"

유은서가 벗었던 옷을 챙겨 입으며 조심스레 물었다.

최치우는 그녀의 뒷모습을 바라보며 미소를 지었다.

등을 돌린 유은서는 보지 못했지만, 진한 살기가 묻어 나온 무서운 미소였다.

"아직 뉴욕에서 할 일이 남았어. 내 소중한 사람들을 건드리면 어떻게 되는지 보여줘야지."

"소중한 사람……."

"간호사 불러줄게. 쉬고 있어."

최치우는 유은서를 남겨두고 병실 밖으로 나섰다.

독약을 해결했으니 에릭 한센에게 대가를 받아낼 차례다.

1초도 주저하고 싶지 않았다.

역시 최치우 자신만의 방법으로 해결할 것이다.

"한센 빌딩으로 갑시다."

노란색 택시에 올라탄 최치우가 목적지를 말했다.

뉴욕 월스트리트 중심부에 우뚝 선 한센 빌딩.

그곳에서 에릭 한센의 죄를 물을 것이다.

"무릎을 꿇으라고? 무릎뼈를 산산조각 내줄 테니 기대해라, 에릭."

택시 뒷좌석에 앉은 최치우가 에릭 한센을 향한 분노를 되새겼다.

그의 잔인한 경고가 곧 현실이 될 것 같았다.

9장
폭군(暴君)의 강림

맨해튼 남쪽, 월스트리트는 세계적인 금융기관의 본거지다.

월가의 금융맨들이 세계경제를 움직인다는 말은 결코 허풍이 아니었다.

지난 2008년 금융 위기 이후 영향력이 축소됐지만, 여전히 월스트리트는 수많은 기업들의 생사여탈권을 손에 쥐고 있다.

금융 회사에서 투자 결정을 하면 죽어가던 기업도 살아나고, 반대로 원금을 회수하면 잘나가던 기업도 넘어지기 십상이다.

에릭 한센이 이끄는 한센 패밀리는 월가에서도 독특한 위상을 자랑한다.

미국뿐 아니라 유럽의 자금을 대거 운용하며 엄청난 수익률을 내는 것으로 명성이 높다.

더 놀라운 사실은 새파랗게 어린 에릭 한센이 굵직한 투자를 진두지휘한다는 점이다.

그의 천재적인 투자 감각과 냉혹한 기업 사냥 노하우는 월스트리트에서도 논쟁의 대상이다.

그러나 대중들에겐 이미지 메이킹을 워낙 잘해놓았다.

언론을 통해 한센 가문의 소식을 접하는 대중들은 에릭 한센을 모험적인 투자자로 생각한다.

돈을 노리는 기업 사냥을 도전으로 포장하는 것이다.

어차피 언론은 돈을 주는 사람을 절대 물지 않는다.

그렇기에 밖으로 드러난 이미지를 무작정 믿으면 언젠가 배신감을 느끼기 쉽다.

그나마 에릭의 이미지는 최치우라는 신성의 등장 이후 값어치가 많이 떨어졌다.

최치우는 언론에 거액을 주고 광고 기사를 내지 않아도 삶자체가 도전이었다.

그는 에릭처럼 북유럽과 유태인 자본을 등에 업고 금융계에 뛰어든 금수저가 아니다.

빈털터리 대학생 시절부터 밑바닥에서 신화를 쓰기 시작한 살아 있는 전설이다.

어쩌면 최치우와 에릭 한센이 지속적으로 충돌하는 것은 필연적인 숙명일지 모른다.

사업을 시작하게 된 계기와 환경, 조건을 비롯해 거물로 성장하며 지나온 길까지.

거의 모든 게 상극이기 때문이다.

저벅저벅—

최치우는 광이 번쩍번쩍 나는 한센 빌딩으로 들어섰다.

여느 빌딩이 다 그렇듯, 넓은 1층 로비 한편에는 차단 장치가 설치돼 있었다.

출입증을 발급받은 사람만 엘리베이터를 탈 수 있는 시스템이다.

그러나 최치우는 차단기를 부숴 버릴 기세로 성큼성큼 걸어갔다.

"잠깐!"

차단기 근처의 경호원이 최치우를 불렀다.

근육질의 흑인 둘이 빠르게 다가왔다.

경호원들의 울룩불룩한 덩치만 봐도 웬만한 사람은 오금이 저릴 것 같았다.

하지만 최치우는 싸늘한 눈빛으로 경호원들을 노려봤다.

"내가 누군지 모릅니까?"

"아……."

"엄……."

경호원 두 명이 짜 맞춘 것처럼 당황한 표정으로 헛바람을 집어삼켰다.

뉴욕 월스트리트의 빌딩에서 근무하는 경호원이 최치우의 얼굴을 못 알아볼 리 없다.

최치우는 미국 경제 TV와 뉴스의 메인 화면을 장식하는 단골손님이다.

더구나 에릭 한센과는 여러 번 악연으로 얽혔다.

경호원들이 내밀한 사정까지 알 수는 없지만, 한센 가문과 올림푸스가 비즈니스 영역에서 부딪친 것은 공공연한 비밀이었다.

"당신들 보스가 나를 초대했습니다."

"무, 문을 열어드리겠습니다."

최치우는 저도 모르게 내공을 발산하고 있었다.

그가 뿜어내는 강력한 기파는 밥 샙이나 샤킬 오닐을 연상시키는 흑인 경호원 두 명을 어린 양처럼 순하게 만들었다.

날고 기는 경호원이라고 해봐야 인간의 한계를 초월할 수는 없다.

최치우가 마음먹고 기운을 흩뿌리기 시작하면 두 사람은 숨도 못 쉴 것이다.

철커덩―

경호원이 최치우를 대신해 차단기를 열어줬다.

최치우는 혼자 엘리베이터에 탔다.

그의 분위기가 심상치 않아서인지 사람들이 슬금슬금 뒤로 피했다.

누구도 같이 엘리베이터를 타려고 하지 않았다.

꾸욱!

최치우는 고민하지 않고 최고층 버튼을 눌렀다.

에릭의 사무실은 보나 마나 꼭대기에 있을 것이다.

세상을 아래로 내려다보는 게 취미인 인간이다.

자신의 빌딩에서 머리 위에 다른 사람이 다니게끔 허락했을 리 없다.

띠링—!

엘리베이터가 금방 최고층에 멈춰 섰다.

우연인지 운명인지, 중간에 단 한 번도 다른 층에서 멈추지 않았다.

최치우는 엘리베이터에서 내려 길을 찾았다.

다행히 복도와 연결된 입구는 하나뿐이었다.

에릭 한센 혼자서 빌딩 꼭대기를 사무실로 쓰는 모양이었다.

"최치우 대표님, 저희 대표님께서 기다리고 계십니다."

최치우가 몇 발자국 뗐을 뿐인데 여직원 한 명이 나타났다.

금발을 단정하게 묶은 그녀는 에릭의 비서 같았다.

경호원들이 1층에서 최치우가 왔음을 알렸고, 엘리베이터가 올라오는 동안 마중 나올 준비를 마친 것이다.

최치우는 말없이 그녀의 뒤를 따라갔다.

곧이어 한눈에 봐도 호화스러운 전용 로비와 접객실이 펼쳐졌다.

여러 명의 여자 비서들, 그리고 다섯 명의 경호원들이 한센 빌딩 최고층에 상주하고 있었다.

오직 에릭 한센만을 위해 배정된 인력이다.

돈 낭비, 인력 낭비지만 과시하기 좋아하는 에릭의 성격이 엿보였다.

페이스북의 창업자 마크 주커버그도 탁 트인 공간에서 직원들과 똑같은 책상을 쓰는 세상이다.

그에 반해 빌딩 최고층을 혼자 쓰는 에릭의 사무실은 왕궁을 연상시켰다.

한센 빌딩이라는 자신의 성을 짓고, 꼭대기에서 세상을 깔보는 젊은 왕.

그게 바로 에릭이 그리는 자기 모습이었다.

스윽—

최치우가 등장하자 여자 비서들과 경호원들이 일제히 고개를 돌렸다.

에릭을 곁에서 보좌하는 그들에게도 최치우는 보기 드문 유명인이다.

아마 에릭의 측근들인 만큼 올림푸스와 한센 가문의 악연이 얼마나 깊은지 알 수도 있다.

최치우는 그들의 시선을 무시했다.

잔챙이들을 상대하기 위해 온 게 아니기 때문이다.

그는 한센 가문이라는 왕궁에서 온갖 패악질을 부린 젊은 왕, 에릭 한센의 죗값을 치르기 위해 왔다.

"들어가시면 됩니다."

최치우를 안내한 비서가 굳게 닫힌 철문을 가리켰다.

일반적인 사무실 문이 아닌, 은행의 대형 금고와 같은 철문이 기계음을 내며 좌우로 열렸다.

지이이이잉!

자동 장치의 도움 없이 사람의 힘으로 열 수 없는 철문이다.

에릭은 보안과 안전을 지키기 위해 만반의 준비를 해놓았다.

굳이 철문을 설치한 것은 같은 층에서 근무하는 비서와 경호원들도 100% 믿지 못한다는 뜻이다.

최치우가 활짝 열린 철문을 지나쳐 들어갔다.

그러자 뒤쪽에서 다시 철문이 닫히는 소리가 들렸다.

"가지가지 하는군."

비웃을 수밖에 없었다.

자신감이 떨어지는 사람일수록 온몸에 문신을 해서 스스로를 강하게 보이려 노력한다는 심리학 가설이 있다.

마찬가지로 두꺼운 철문은 에릭 한센의 불안한 정서를 증명하는 상징이다.

철문 안쪽, 크리스탈 샹들리에와 대리석을 비롯해 온갖 진귀한 소품으로 장식된 화려한 사무실도 마찬가지다.

에릭은 한센 빌딩 꼭대기를 중동 왕족의 연회실처럼 꾸며놓았다.

"생각보다 여유로운 것 같습니다. 들어오자마자 무릎부터 꿇을 줄 알았는데. 아니면 그만큼 그 여자를 사랑하지 않는 겁니까?"

에릭은 호랑이 가죽을 통째로 덮어놓은 소파에 앉아 있었다.

그의 이죽거리는 모습을 보니 눌렀던 분노가 치솟았다.

하지만 아직 확인할 게 남았다.

최치우는 에릭을 똑바로 쳐다보며 물었다.

"이 안에 CCTV 같은 건 없겠지?"

"나만의 공간인데 CCTV를 설치했을 리가. 왜? 무릎 꿇는 모습이 녹화라도 될까 봐 겁이 납니까?"

에릭은 번지수를 잘못 짚어도 한참 잘못 짚었다.

그는 곧 최치우가 무릎을 꿇을 거라 확신했다.

유은서에게 먹인 독약 캡슐을 48시간 안에 해독하는 건 불가능하기 때문이다.

뉴욕 최고, 아니, 세계 최고의 명의를 불러와도 그 짧은 시간 안에 해독을 할 수는 없다.

심지어 독이 발동하려면 아직 30시간이 넘게 남았다.

독약 캡슐을 먹고 고작 18시간 정도가 지났을 뿐이다.

최치우가 일찌감치 포기를 하고 해독제를 받기 위해 찾아왔다고 생각할 수밖에 없었다.

"CCTV도 없고, 방음은?"

"약한 모습 보이지 말아요, 치우. 이 안에서 무슨 일이 벌어져도 바깥에선 알 수도, 들을 수도 없습니다. 그러니 무릎을 꿇고 그동안의 무례를 진심으로 사과하면 됩니다. 그다음 퓨처모터스의 지분을 매각하는 계약서에 사인을 하면 바로 해독제를 전해주겠습니다."

에릭 한센이 다리를 꼬며 말했다.

그는 느긋하게 앉아 최치우가 복종하는 모습을 감상하려는 것 같았다.

그러나 엄청나게 넓은 개인 집무실의 공기가 달라지고 있었다.

월스트리트 중심에 우뚝 솟은 한센 빌딩의 최고층, 철문으로 닫힌 그곳에서 최치우가 가면을 벗어던졌다.

고오오오오ㅡ!

그는 작심하고 내공을 뿜어냈다.

소림사 금강나한권의 정명공대한 기운이 아니다.

평생 야전을 떠돌며 정파와도 싸우고 마교와도 싸웠던 투신(鬪神).

오직 한 사람, 최치우의 전생인 천하제일검 이태민과 우정을 나눴던 고독한 늑대 권왕의 아랑권이다.

아랑권의 기운이 폭사되자 안 그래도 하얀 에릭의 낯빛이 완전히 창백해졌다.

에릭 한센은 독감에 걸린 것처럼 식은땀을 흘리며 몸을 오들오들 떨었다.

"대체 무슨… 지, 지금 뭐 하는 겁니까?"

"징벌의 시간이다."

쿵!

에릭이 탁자를 내려치며 일어섰다.

확실히 에릭도 평범한 인간은 아니었다.

아랑권의 기운에 맞서 일어설 수 있다는 것 자체가 대단한 일이다.

하긴, 평범한 인간이 어떻게 세계 금융을 움직여 수만 명에서 수십만 명의 일자리를 갖고 놀 수 있겠는가.

"이렇게 나오면… 당신이 아끼는 그 여자는 죽습니다. 해독제가 필요 없어요?"

"응, 필요 없어."

최치우가 짧게 대답했다.

그러고는 일어선 에릭을 향해 전광석화처럼 뛰어들었다.

픽—!

묵직한 타격음이 울렸다.

최치우의 정권이 에릭의 명치에 정통으로 꽂혔다.

"우-우-욱!"

에릭은 그 자리에서 점심에 먹은 걸 모조리 토해내며 무릎을 꿇었다.

머리를 굴릴 틈도 없었다.

고귀한 귀족 신분을 자랑하던 에릭 한센이 토사물을 질질 흘린 채 꺽꺽거렸다.

하지만 이제 시작에 불과하다.

최치우는 주저앉은 에릭의 오른쪽 무릎을 밟았다.

단순히 짓밟은 게 아니다.

내공을 이용해 천근추(千斤錘)의 힘을 실었다.

천근은 무려 600kg을 뜻하는 단위다.

말 그대로 600kg이 넘는 힘이 최치우의 발에 실려 에릭 한센의 오른쪽 무릎을 박살 냈다.

"끄아아아아아아!"

입가에 토사물을 묻힌 에릭이 고개를 뒤로 젖히며 절규했다.

눈 뜨고 볼 수 없는 광경이었다.

두 팔을 휘저으며 몸부림치지만, 천근추의 위력이 실린 최치우의 발은 기둥처럼 꿈쩍도 안 했다.

에릭이 아무리 크게 비명을 질러도 밖에선 들리지 않는다.

CCTV도 없고, 방음도 완벽하다.

평소에는 외부로부터 에릭을 든든하게 지켜준 철문이 장애물 역할을 톡톡히 하고 있었다.

"엄살떨지 마."

"크으윽— 그만, 제발 그만!"

"아직 멀었다."

최치우가 발을 옮겼다.

이번에는 에릭의 왼쪽 무릎이 타깃이었다.

쿵—!

역시 천근추의 힘이 고스란히 실려 있었다.

에릭 한센은 왼쪽 무릎마저 산산조각 부서지는 고통을 느꼈다.

"끄아아악! 거걱… 거거걱……."

급기야 에릭의 입에서 이상한 소리가 나왔다.

통증이 임계점을 넘기고, 비명을 지를 힘도 남지 않아 쉿소리가 흘러나온 것이다.

"너 하나 죽이는 건 언제든 할 수 있지만, 비즈니스로 결판을 내는 게 목표였다. 이 세상의 법칙으로, 너희가 가장 자신 있는 방법으로 싸워서 이기고 싶으니까."

최치우는 에릭 한센과 지겹도록 부딪치면서도 비즈니스 이외의 방법을 찾지 않았다.

분명한 소신과 철학이 있었기 때문이다.

그는 토사물과 침을 질질 흘리며 반쯤 정신이 나간 에릭을 내려다보며 말을 계속했다.

"지금도 그 마음은 변함이 없어. 난 올림푸스를 키워서 비즈니스로 너와 네오메이슨을 나락에 떨어뜨릴 생각이다. 하지만 그 선을 먼저 넘으면 이렇게 갚아줄게, 열 번이고 백 번이고. 한국에서 트럭으로 날 덮친 것도 너희가 벌인 짓이지? 어디 계속해 봐. 다음엔 무릎이 아니라 두개골을 부숴줄 테니."

어설픈 협박이나 경고와는 차원이 달랐다.

최치우는 이미 에릭 한센의 양쪽 무릎을 걸레짝으로 만들어 놓았다.

당장 병원에 가도 100% 회복은 어려울 것이다.

아마 평생 두 다리를 온전히 쓰기 힘들지 모른다.

최소한 몇 달에서 몇 년은 절뚝거리며 휠체어 신세를 지게 될 것 같았다.

무엇보다 최치우는 에릭의 자존심과 멘탈을 유리처럼 부숴 버렸다.

죽음의 공포를 느끼고, 뇌수가 뽑히는 고통을 경험한 기억은 에릭에게 영원히 트라우마로 남을 것이다.

최치우 앞에서 토사물을 흘리고, 넋을 놓은 채 비명을 지르며 절규하는 꼴사나운 모습을 보여준 것도 영혼의 상처다.

"경찰에 신고해. 올림푸스의 최치우에게 짓밟혔다는 사실이 알려지고 전 세계의 비웃음거리가 되길 원한다면."

에릭 한센은 절대 경찰에 신고할 수 없다.

마지막 남은 자존심 때문은 아니다.

네오메이슨은 수면 아래에서 은밀히 움직이기를 원한다.

경찰이 개입하고, 온 세상이 관심을 가지면 유은서 납치 사건의 전말도 밝혀질 수밖에 없다.

그렇기에 네오메이슨이 에릭의 신고를 용납하지 않을 것이다.

최치우는 만신창이가 된 에릭을 남겨두고 등을 돌렸다.

제어할 수 없는 폭군이 한센 빌딩 꼭대기에 강림했다.

겨우 5분 정도였지만, 폭군은 에릭 한센의 철옹성에서 오만함을 바닥까지 무너뜨렸다.

그 여운이 아직까지도 드넓은 공간을 떨어 울리고 있었다.

"그러고 보니… 저 철문을 열어야 나갈 수 있군."

목적을 완수한 최치우는 굳게 닫힌 철문을 보며 고개를 갸웃거렸다.

에릭은 지독한 통증과 수치심을 이기지 못하고 결국 의식을 잃었다.

철문을 여는 장치를 찾거나 내선 전화로 바깥의 비서들에게 지시를 내려야 한다.

그러나 어느 쪽이든 번거롭고 귀찮은 일이다.

최치우는 훨씬 간단한 방법을 선택했다.

후우우욱―!

무지막지한 기운이 최치우의 오른손 정권에 실렸다.

굳이 금강나한권 최종 비기 중 하나인 천보일권을 펼칠 필요는 없었다.

그랬다간 철문이 종잇장처럼 찢어질 것이다.

강한 충격과 진동으로 바깥에 있는 사람들을 놀라게 하면 충분하다.

최치우는 주저하지 않고 철문으로 달려가 주먹을 뻗었다.

아무런 무공 초식도 쓰지 않고, 그저 내공으로 휩싸인 맨주먹을 철문에 때려 넣었을 뿐이다.

쿠우우우웅―!

그럼에도 불구하고 마치 거대한 종을 친 것 같은 파장이 깊게 울렸다.

'과유불급.'

최치우는 직선으로 곧게 뻗은 팔을 거뒀다.

마음 같아선 철문 따위 얼마든지 부숴 버릴 수 있다.

하지만 굳이 소문날 일을 더 만들 이유가 없었다.

이미 그들의 주인 에릭을 반병신으로 만들어놓았다.

지잉― 지이이잉―

최치우의 정권에 충격을 받아서인지 철문이 아까보다 버벅거리며 좌우로 열렸다.

철문 너머에는 에릭의 여비서들과 경호원들이 서 있었다.

곧이어 여자들은 일제히 비명을 질렀고, 경호원들은 권총을 꺼내 최치우를 겨눴다.

"꺄아아아―!"

"아아악!"

척! 처척!

최치우는 피식 웃음을 터뜨렸다.

여자 비서들의 비명을 비웃는 게 아니었다.

만신창이가 되어 쓰러진 에릭을 확인하고, 곧장 권총을 빼든 경호원들의 대응이 제법 빨랐기 때문이다.

비록 에릭과는 악연으로 얽혔지만, 그의 휘하에 있는 경호원들은 진짜 프로다웠다.

그러나 달라질 것은 없다.

최치우는 경호원의 리더로 보이는 남자를 쳐다보며 무미건조하게 말했다.

"너희 주인을 당장 병원으로 데려가지 않으면 영원히 두 다리를 못 쓸지 몰라."

"거, 경찰을 부르겠습니다."

"과연 이곳에 경찰을 부르는 걸 에릭이 용납했을까?"

최치우의 반문에 경호원들은 아무 대답도 할 수 없었다.

이곳은 한센 가문의 사업 내역과 기밀이 보관된 비밀 창고나 마찬가지다.

에릭의 허락을 받지 않은 그 누구도 들어올 수 없다.

그렇기에 빌딩 최고층을 에릭 혼자서 다 쓰는 것이다.

최치우는 더욱 짙게 웃으며 쐐기를 박았다.

"여기서 내가 누구인지 모르는 사람이 있나? 원한다면 나중에 언제든 신고해도 좋다. 올림푸스의 최치우가 에릭 한센을 병신으로 만들었다고 세상에 알리면서."

말을 마친 최치우는 성큼성큼 걸음을 옮겼다.

경호원들이 계속 총구를 겨누고 있지만, 그는 조금도 개의치 않았다.

어차피 방아쇠를 당길 수 없다는 걸 알기 때문이다.

설령 총을 쏴도 걱정할 필요는 전혀 없다.

최치우는 총알을 피하거나 막아낼 자신이 있었다.

대신 두 눈으로 최치우의 능력을 확인한 경호원과 비서들을 모두 죽일 수밖에 없을 것이다.

저벅저벅.

최치우는 석상처럼 얼어붙은 경호원들을 지나쳐 엘리베이터 앞에 섰다.

다행히 누구도 총을 쏘지 않았다.

경호원들은 방아쇠를 당기지 않음으로 인해 자신들의 목숨을 구한 셈이다.

그들은 최치우가 엘리베이터를 타고 내려가는 모습을 멍하게 지켜봤다.

다들 얼마나 놀랐는지 아직 911을 부르지도 않았다.

그사이 최치우에게 짓밟힌 에릭의 상태는 점점 나빠지고 있었다.

손가락 하나로 세상을 갖고 놀던 천재 금융인의 모습치고는 너무 초라하고 비참했다.

에릭에게 추락의 공포를 각인시킨 최치우는 유유히 한센 빌딩을 빠져나왔다.

*   *   *

한센 빌딩에 피바람을 일으키고 돌아온 최치우는 유은서의 곁을 지켰다.

그녀는 UN에 정식으로 휴가를 냈고, 문제의 자료는 최치우에게 전달했다.

최치우는 유은서가 밤낮없이 매달려 만든 자료를 주의 깊게 살펴봤다.

'에릭이 직접 나서서 은서를 납치할 이유가 있었군.'

자료를 본 최치우는 감탄을 금치 못했다.

독일에서 출발한 자금이 노르웨이와 스웨덴을 거쳐 버진 아일랜드로 들어갔고, 최종 목적지는 미국이었다.

일련의 흐름을 추적하면 에릭 한센와 네오메이슨의 아킬레스건을 잡을 수 있을 것 같았다.

"은서야, 넌 정말 대단한 일을 해냈어."

"정말?"

"이 자료는… 어쩌면 세계경제의 판도를 바꿀지도 모르겠다."

"하지만 내 상사는 이걸 보고도 중요하지 않다고 핀잔만 줬어."

"그 상사, 이름이 뭐라고 했지?"

"캐서린이야. 우리 위원회의 총괄 간사."

"다른 사람에게 자료를 보여준 적 있어?"

"아니… 함부로 보여줄 수 있는 보고서가 아니라서 캐서린에게만 말했었어."

"그리고 난 다음 납치를 당했고."

최치우가 사뭇 의미심장하게 말했다.

에릭 한센은 유은서와 최치우의 관계를 미리 알고 납치한 게 아니었다.

납치 이후 펜타곤의 개입을 알아차리고 나서야 뒤늦게 유은서가 최치우의 연인이었음을 파악한 것이다.

"은서야."

"응……."

"아무래도 캐서린이라는 사람이 의심스럽다."

"……."

유은서는 말을 잇지 못했다.

하지만 그녀도 분명히 인식하고 있었다.

자료 때문에 납치를 당한 것이라면, 유일하게 보고를 받은 캐서린이 연결 고리일 수밖에 없다.

네오메이슨은 독일 정부에도 깊숙이 뿌리를 내리고 있었다.

UN이라고 다를 것은 없다.

오히려 세계정부인 UN에 자기 사람들을 심는 데 더 심혈을 기울였을 것이다.

'캐서린, 그 여자는 네오메이슨이다.'

최치우는 결론을 내렸다.

그게 아니고선 유은서의 납치가 설명되지 않는다.

우선 캐서린을 시작으로 UN 내부의 네오메이슨을 줄줄이 엮어내야 한다.

동시에 유은서의 자료를 바탕으로 거액의 돈세탁과 탈세 증거를 확보하면 월척이다.

'독일에서 자금 세탁이 시작됐어. 꽤 급했군, 네오메이슨.'

최치우는 네오메이슨이 독일에서 자금을 빼돌린 이유를 누구보다 정확히 알고 있었다.

라이프치히 테러 사건이 발생하고, 최치우가 독일의 교통부 장관 보좌관 마르코 슈테겐을 잡으며 네오메이슨을 대부분 소탕했기 때문이다.

독일에서 기반을 잃은 네오메이슨은 불안감을 느낄 수밖에 없었다.

철혈의 총리 메르켈이 칼을 빼 든 것은 결코 간단한 일이 아니다.

자칫하면 독일의 금융 자산 현금, 그리고 부동산까지 동결될 수도 있다.

그렇기에 부랴부랴 자산을 매각하고, 돈을 북유럽과 버진 아일랜드로 돌려 세탁한 것이다.

유은서는 그녀 자신이 생각하는 것보다 훨씬 크고 중요한 일을 해냈다.

최치우는 단순히 네오메이슨의 돈세탁과 탈세만 잡아낼 생각이 없었다.

돈세탁의 흐름을 추적해 누가 네오메이슨에 협조하는지, 또 어떤 기업이 네오메이슨 소속인지 실체를 밝힐 계획이다.

베일에 쌓인 네오메이슨의 진면목을 알아낼 수 있는 비밀 지도를 유은서가 그린 셈이었다.

"많이 위험했지만, 진짜 고생했어. 덕분에 올림푸스에도, UN에도 큰 힘이 될 것 같아."

최치우는 진심으로 유은서를 격려했다.

그러자 병상에 누워 있던 그녀의 얼굴에 화사한 미소가 떠올랐다.

푸릇푸릇한 스무 살, 최치우와 유은서가 처음 만난 MT 버스 안에서 보여줬던 그 미소였다.

시간이 많이 흘렀고, 유은서도 한층 성숙한 여인이 됐지만 특유의 맑고 밝은 분위기는 그대로였다.

그녀는 최치우에게 인정을 받았다는 사실에 기쁨을 숨기지 못했다.

그렇지만 한편으로는 걱정도 됐다.

"치우야, 난 이제 어떡하는 게 좋을까?"

"우선 푹 쉬고, 건강을 회복하는 데 집중해. UN으로 복귀하는 것도 큰 문제 없을 거야."

최치우는 유은서가 복귀하기 전에 캐서린을 비롯한 UN 내부의 네오메이슨을 쓸어버릴 작정이었다.

아울러 유은서에 대한 비밀 경호도 따로 준비할 예정이다.

이왕 부탁한 김에 펜타곤의 힘을 더 빌리면 된다.

"고마워. 너 아니었으면 지금쯤 나는……."

"고마울 거 없어. 소중한 사람을 지키는 건 당연히 해야 할 일이니까."

유은서의 얼굴이 붉게 물들었다.

최치우도 막상 말을 해놓고 약간 쑥스러운지 고개를 돌렸다.

위기를 함께 겪으면 서로의 감정에 솔직해질 수밖에 없다.

서울에서 잠시 끊어졌던 두 사람의 인연이 뉴욕에서 다시 연결된 것 같았다.

*   *   *

최치우는 미국에서 제법 오랜 시간을 보내고 있었다.

유은서의 메시지를 받고 급히 전용기를 탔지만, 원래부터 미국 출장은 예정된 스케줄이었다.

다만 유은서의 납치 사건을 해결하고, 에릭 한센을 징벌하느라 원래 일정은 뒤로 밀렸다.

그동안 한국에서 산신령 허철후와 박우식이 날아왔다.

최치우는 유은서의 병간호를 허철후에게 맡겼다.

허철후는 호령독삼으로 최치우를 만독불침에 이르게 만들어준 기인이다.

그가 직접 유은서를 진맥하고, 체질에 맞는 보약을 지으면 납치를 당하기 전보다 더 튼튼해질 것이다.

견학을 위해 따라온 박우식도 의젓했다.

자살하려고 한강대교에서 뛰어내렸던 때와 비교하면 천지 차이다.

허철후의 수발을 들며 하나라도 배우기 위해 애쓰는 게 기특해 보였다.

최치우는 두 사람에게 유은서를 부탁하고 다른 스케줄을 소화했다.

먼저 잭 앤더슨과 만나 협의를 해야 한다.

이번 사건으로 펜타곤의 도움을 받았으니 입을 씻을 수는 없다.

안 그래도 펜타곤은 동해에서 이상기후를 해결한 것에 관심을 보였다.

최치우는 잭 앤더슨과 대화를 끝내면 콜로라도로 이동할 것이다.

콜로라도에서 대지의 정령을 소멸시키고, 소울 스톤을 얻어 한국으로 돌아간다.

한국에선 유은서의 자료를 이용해 네오메이슨의 약점을 파헤치면 된다.

하나씩 차근차근 파고들면 조만간 엄청난 성과를 손에 쥘 것 같았다.

"에릭 한센이 교통사고를 당했다는 뉴스가 화제입니다."

최치우의 맞은편에 앉은 잭 앤더슨은 심각한 표정이었다.

그는 오늘 세간을 떠들썩하게 만든 CNN 뉴스를 언급했다.

"갑작스러운 교통사고로 양쪽 무릎뼈가 골절됐다는 발표… 이걸 믿어야 합니까?"

"믿고 안 믿고는 펜타곤의 자유입니다."

"대표님이 하신 일이라는 것, 알고 있습니다."

"알아도 변하는 것은 없겠죠. 한센 가문에서 스스로 은폐한 사실이니까."

최치우는 노련했다.

그의 예상대로 한센 가문, 그리고 네오메이슨은 일을 조용히 묻으려 했다.

올림푸스의 최치우에게 무릎뼈가 박살 났다는 사실을 외부로 알릴 수 없는 것이다.

"올림푸스와 한센 가문의 충돌에 펜타곤이 개입할 이유는 없습니다. 하지만… 왜 이런 일이 벌어졌는지 내용은 알아야 상부에 보고를 할 수 있습니다."

"은서가 수상한 자금 흐름을 포착해 보고했습니다. 그래서 에릭 한센이 납치를 했고, 하필 내가 나서면서 일이 이렇게 커진 겁니다."

"그 UN의 직원이 민감한 내용을 알아냈단 말입니까?"

"원한다면 펜타곤과 자료를 공유할 수 있습니다. 이번에 도움을 받기도 했고."

최치우의 말을 들은 잭 앤더슨이 눈을 빛냈다.

현대 사회에서 정보는 총보다 강력한 무기다.

한센 가문의 수장 에릭이 직접 나서 납치를 할 정도의 정보라면 펜타곤도 탐을 낼 수밖에 없다.

최치우는 잭의 태도를 보고 한 가지 조건을 달았다.

"대신 이 자료를 에릭 한센에게 넘긴 배신자를 UN에서 제거해 주면 좋겠군요. 펜타곤의 영향력으로."

"그게 누구입니까?"

"캐서린 아다만스. 국제금융감시위원회의 총괄 간사입니다."

"알아보고 조치를 취하겠습니다."

틱―

최치우는 주머니에서 USB를 꺼내 탁자 위에 던지듯 올려 놓았다.

유은서의 자료가 담긴 카피본이다.

에릭은 보물을 다루듯 조심스레 USB를 갈무리했다.

"우리도 묻고 싶은 게 있습니다. 동해에서……."

"그 이야기는 다음에. 내가 또 펜타곤의 도움을 받게 되면 다시 합시다."

최치우는 계산을 정확하게 했다.

그가 단호하게 철벽을 치자 잭도 쓴웃음을 지으며 물러날 수밖에 없었다.

"알겠습니다."

"최근 미쓰릴 필드를 테스트 용도로 썼습니다. 하나 더 구할 수 있으면 좋겠는데."

"미쓰릴 필드가 엄청나게 비싸다는 건 알고 계시리라 믿습니다."

"돈이라면 얼마든지."

최치우가 미소를 지었다.

펜타곤과 처음 계약을 할 때 최치우는 지금처럼 세계적인 부자가 아니었다.

그러나 이제는 펜타곤에 연구비를 지원할 수 있는 거부(巨富)로 성장했다.

"특별히 하나 더 챙겨보겠습니다."

잭이 생색을 냈다.

어떻게든 최치우에게 빚을 지우려는 것이다.

최치우는 고개를 끄덕이며 자리에서 일어났다.

"이번엔 고마웠습니다, 잭."

펜타곤과의 협의도 무난하게 마무리가 된 것 같았다.

폭군의 면모를 보여준 최치우의 시선은 벌써 콜로라도를 향하고 있었다.

10장

뜨거운 대지

최치우의 목적지는 콜로라도주의 카이오와 카운티(Kiowa County)였다.

동쪽으로 캔자스주와 경계를 이루는 카이오와 카운티는 넓은 면적에 비해 인구는 무척 적은 도시다.

도시 곳곳에 사람들의 발길이 닿지 않는 이름 모를 자연공원이 즐비하다.

미국의 자연공원은 스케일이 다르다.

우리나라의 공원을 생각하면 안 된다.

뉴욕의 센트럴파크만 해도 처음 가본 사람은 어마어마한 면적에 입을 다물지 못한다.

콜로라도 같은 주의 공원은 원시 자연 그대로 방치된 지역이다.

걸어서 자연공원을 가로지르는 데 며칠 넘게 캠핑을 해도 실패하기 일쑤다.

독특한 자연환경에 임의로 선을 그어놓고 공원이라 칭하는 게 전부다.

유명한 국립공원이 아닌 이상 입장료도 없고, 관리인도 드물다.

그야말로 드넓은 미국 대륙의 특성이다.

아직도 인간이 정복하지 못한 땅이 원시의 숨결을 머금고 있다.

어쩌면 남미나 아프리카 이상으로 정령이 살기 좋은 지역이 미국인지 모른다.

카이오와 그랜드 파크에 도착한 최치우는 긴 한숨을 토해냈다.

"후우우— 들어가지 않아도 느껴지는군. 정령의 기운이."

그는 이곳에서 싱크홀이 연속으로 발생한다는 보고서를 발견했다.

분명 대지의 정령이 장난을 치는 것이다.

싱크홀 주변에서 마법을 펼치면 어렵지 않게 대지의 정령을 찾을 수 있을 것 같았다.

하지만 그 전에 해결해야 할 문제가 있다.

뉴욕에서 콜로라도로 비행기를 타고 날아올 때까지는 알지 못했다.

그러나 콜로라도의 주도인 덴버에서 카이오와까지 차를 타고 오면서 느꼈다.

'미행이 붙었다. 그것도 아주 끈질긴.'

정체불명의 미행은 덴버 공항에서 최치우를 기다리고 있었다.

최치우의 비행 스케줄을 미리 파악했다는 뜻이다.

뉴욕에서 콜로라도의 덴버로 날아오는 일정을 아는 사람은 극소수다.

한국에 있는 임동혁과 올림푸스 비서팀, 그리고 뉴욕의 유은서와 허철후, 박우식뿐이다.

'내가 미국 내 다른 지역으로 움직일 거라는 정보를 입수한 쪽은……'

최치우는 카이오와에 도착해서 빌린 픽업트럭 운전석에 앉아 생각을 정리했다.

자신이 잠시 뉴욕을 떠난다는 걸 아는 사람은 잭 앤더슨밖에 없다.

펜타곤에게 앞으로 유은서의 경호를 맡도록 부탁했기 때문이다.

결국 답은 하나로 귀결된다.

덴버 공항에서 카이오와로, 그리고 픽업트럭을 빌려 혼자 그랜드 파크까지 운전을 한 걸 미행한 사람은 펜타곤 소속이다.

'파트너 관계를 확실히 다졌는데, 다른 뜻을 품은 건가?'

최치우가 고개를 갸웃거릴 수밖에 없었다.

불과 며칠 전 뉴욕에서 잭 앤더슨과 만나 파트너십을 재확인했다.

최치우는 펜타곤의 도움을 받았고, 그 대가로 유은서의 자료를 넘겨줬다.

UN 내부의 네오메이슨인 캐서린 아다만스의 경질을 요구할 정도로 펜타곤을, 정확히 말하면 잭 앤더슨을 신뢰했다.

그런데 모든 면에서 믿음을 보여준 펜타곤이 갑자기 미행을 붙이다니, 선뜻 이해하기 힘들었다.

'직접 확인해 보는 수밖에.'

다른 선택지가 없다.

그랜드 파크로 진입하기 전, 미행을 처리해야 한다.

철컥—

최치우는 픽업트럭 운전석에서 내렸다.

당연히 미행을 붙은 차는 시야에 보이지 않는다.

코너를 돌지 않고, 몇백 미터 떨어진 길에 차를 세우고 있었다.

상대는 프로다.

최치우의 감각이 인간의 한계를 초월하지 않았다면, 또는 카이오와처럼 인적 드문 장소로 오지 않았다면 미행을 발견하는 게 더 어려웠을 것이다.

'단숨에 간다!'

최치우는 숨을 한껏 들이마셨다.

공기가 단전이 있는 아랫배까지 내려갔다.

그는 주저 없이 내공을 폭발시켜 두 다리로 땅을 박찼다.

팍—! 파팍!

미행을 한 상대는 코너 뒤편에 있다.

그들도 일시적으로 최치우를 보지 못하는 상태다.

경공으로 순식간에 거리를 좁혀 두말하지 못하게 현장을 포착해야 한다.

쐐애애액—!

최치우가 달리는 모습을 누가 봤다면 혀를 내두를 것이다.

그의 속도는 어안을 벙벙하게 만들 정도였다.

사람이 아니라 한 마리의 치타나 표범이 사냥감을 노리고 질주하는 것 같았다.

'바로 여기!'

최치우는 코너를 앞두고 몸을 급하게 꺾었다.

마치 총알이 튕기는 것처럼 격렬한 동작이었다.

코너를 돌자 나타난 거리에는 검은색으로 짙게 선팅을 한 SUV가 한 대 서 있었다.

계속해서 최치우를 따라온 자동차였다.

부우웅—

갑자기 최치우가 나타나자 SUV에서 급히 시동을 거는 소리가 들렸다.

미행에는 두 가지 원칙이 있다.

첫째, 절대 들키지 않을 것.

둘째, 만약 들켰다면 잡히지 않고 도망갈 것.

최치우의 등장으로 이미 첫 번째 원칙은 어기게 됐다.

그렇다면 남은 선택지는 두 번째 원칙을 지키는 것밖에 없다.

하지만 그마저도 쉽지 않았다.

최치우는 놀라운 속도로 SUV에게 달려들어 운전석 사이드 미러를 잡았다.

콰직!

시동은 걸었지만, 후진 기어를 넣을 틈은 주어지지 않았다.

왼손으로 사이드 미러를 잡은 최치우가 오른손 주먹으로 운전석 창문을 깨뜨렸기 때문이다.

파장창—

자동차 유리를 맨손으로 깨려면 엄청난 파괴력이 필요하다.

그러나 최치우에게 방탄 코팅이 안 된 유리는 종잇장이나 마찬가지다.

퍽!

유리를 산산조각 낸 주먹이 선글라스를 낀 운전자의 관자놀이에 박혔다.

결과는 보나 마나다.

운전자는 그 자리에서 기절했고, 조수석에 앉은 사람은 입을 떡 벌렸다.

특수 훈련을 받은 미행자들도 이런 상황은 처음일 것이다.

그 어떤 교본에도 나와 있지 않은 일이 눈앞에서 펼쳐지고 있었다.

미행을 눈치챈 타깃이 갑자기 튀어나와 번개처럼 달려드는 일은 가끔 일어날 수 있다.

하지만 단번에 운전석 유리를 깨고, 그것도 모자라 운전자를 기절시키는 경우는 듣도 보도 못 했다.

아무리 타깃인 최치우가 100m 달리기 세계 신기록을 세운 올림픽 금메달리스트라고 해도 말이 안 된다.

그의 압도적인 피지컬 앞에서는 펜타곤의 프로 요원도 넋이 나갈 수밖에 없다.

"일 크게 만들지 말고, 조용히 대화를 하는 게 나을 것 같은데. 어때?"

최치우는 깨진 운전석 창문 너머로 명확한 의사를 전달했다.

운전자는 기절했으니 조수석에 앉은 사람이 결정을 내려야 한다.

물론 지금 같은 상황에서 다른 선택지 따위는 존재하지 않았다.

"우리는… 결코 공격적인 의도가 없습니다."

"알겠으니까 일단 차에서 내려."

최치우는 명령조로 말했다.

미행을 포착한 이상 주도권은 최치우에게 있다.

상대는 현장에서 잡힌 범인처럼 엉거주춤 수동적인 자세를 취할 수밖에 없었다.

카이오와 그랜드 파크에 도사리고 있는 대지의 정령을 만나기 전, 최치우는 다른 의미의 월척을 잡은 것 같았다.

　　　　*　　　　*　　　　*

　기절한 운전자는 3분 정도 지나서 깨어났다.

　3분이나 의식을 잃었다는 건 어마어마한 충격을 받았다는 뜻이다.

　최치우가 운전석 유리창을 깨느라 힘을 조금 과하게 썼다.

　하마터면 큰 부상을 입힐 뻔했다.

　"그러게 왜 미행 같은 걸 해서……."

　최치우는 정신을 차린 운전자를 바라보며 고개를 가로저었다.

　두 사람은 펜타곤 소속의 정예 요원이다.

　미행과 은신, 동향 보고로 펜타곤에서 손꼽히는 프로페셔널이다.

　그렇기에 잭 앤더슨도 믿고 지시를 내린 것이다.

　그러나 천재라고 알려진 잭도 간과한 게 있었다.

　최치우의 능력이 얼마나 뛰어난지 제대로 파악하지 못한 게 실책이었다.

　"아무튼 위해를 가할 의도는 없고, 뭘 하는지 파악해서 보고하는 게 명령이었다. 맞습니까?"

　두 사람은 심문을 당하는 죄수처럼 얌전히 고개를 끄덕였다.

　아마 펜타곤에 소속된 후 가장 수치스러운 날이 바로 오늘

일 것이다.

이 정도면 단순한 임무 실패 정도가 아니다.

만약 최치우가 펜타곤의 파트너가 아닌 적이었다면 두 사람 다 잡히자마자 자살을 하는 게 원칙이다.

하지만 올림푸스와 펜타곤은 특수 관계다.

그렇기에 미행이 들통났어도 윗선에서 수습하고 해결하길 바라는 것이다.

최치우는 두 명의 요원에게 더 확인할 내용이 없었다.

미행 명령을 내린 당사자, 잭 앤더슨에게 전화를 걸어 직접 물을 작정이었다.

―대표님.

잭 앤더슨은 금방 전화를 받았다.

평소처럼 차분하고 흔들림 없는 목소리다.

그러나 곧 그의 평정이 깨졌다.

"잭, 궁금한 게 있으면 그냥 물어보지 그랬어요?"

―네?

"굳이 미행을 붙일 필요는 없잖아요. 펜타곤과 올림푸스의 협력 관계를 유지하고 싶다면."

―……!

말은 없지만, 전화기를 든 잭이 얼마나 놀랐을지 생생하게 전달됐다.

최치우가 100m 세계 신기록을 세울 만큼 피지컬이 뛰어나다는 사실은 세상 사람 모두 알고 있다.

그래서 잭도 펜타곤의 요원들 중에서 미행 전문가를 고르고 골랐다.

그런데 이렇게 탄로 날 거라고 상상도 하지 못했다.

"두 명 모두 내 앞에 있습니다. 약간의 부상은 입혔지만, 우리의 지난 우정을 생각해서 신사답게 대하는 중입니다."

―대표님, 모두 제 불찰입니다.

잭은 말을 빙빙 돌리지 않고 책임을 인정했다.

어설픈 변명으로는 최치우의 화만 돋울 뿐이다.

그를 가까이서 본 잭은 최치우를 분노하게 만들면 안 된다는 사실을 뼈저리게 알고 있었다.

한센 가문의 수장을 직접 찾아가 무릎뼈를 박살 낸 사람이 다름 아닌 최치우다.

올림푸스의 CEO가 눈이 뒤집히면 무슨 사고를 터뜨릴지 모른다.

제아무리 세계 최강을 자부하는 펜타곤이라 해도 부담스러울 수밖에 없다.

게다가 이번 미행은 100% 펜타곤의 잘못이었다.

"이유가 뭡니까?"

―그것은…….

"동해에서 이상기후를 해결한 기술, 그에 대한 관심인 겁니까?"

―그렇습니다. 다시 사죄를 드립니다, 대표님. 이 건은 상부의 지시는 아니었습니다. 저의 독단적 결정으로 펜타곤과 올림

푸스의 관계가 저해되길 바라지 않습니다. 무슨 책임이라도 지겠습니다.

펜타곤의 실세이자 천재 요원인 잭 앤더슨이 사정사정을 하고 있었다.

만약 최치우가 이 문제를 정식으로 따지면 잭의 입지도 곤란해진다.

펜타곤 상부의 승인을 받지 않고 미행 작전을 지시했기 때문이다.

최치우도 대충 돌아가는 사정을 모르지 않았다.

'잭에게는 뉴욕에서 도움을 받았고, 아직 펜타곤과 척질 타이밍은 아니다. 대신……'

생각을 정리한 최치우가 미소를 지었다.

그는 워싱턴에서 전화를 받고 있을 잭에게 거부하기 힘든 조건을 내밀었다.

"교통사고를 냈으니 합의금은 받아야겠습니다. 그 뒤에 오늘 일은 깨끗이 잊도록 하죠."

―무엇을 원하십니까?

"미쓰릴 프로젝트 말고, 펜타곤에서 진행 중인 최신 기술 프로젝트에 올림푸스가 참여하고 싶습니다. 물론 공식적으로."

―음…….

잭이 입술을 깨물고 신음을 흘렸다.

난감해하는 그의 표정이 연상됐다.

그러나 잭 앤더슨은 막다른 절벽에 몰렸다.

최치우가 정식으로 펜타곤의 미행을 항의하고 문제를 키우면 수습하기 어렵다.

CNN과 뉴욕 타임스를 비롯해 전 세계의 모든 언론이 벌 떼처럼 달려들 것이다.

─어떻게든 상부와 협의해 알맞은 프로젝트를 제안하겠습니다. 그리고 대표님의 동향을 파악하기 위해 펜타곤이 나서는 일은 없을 것입니다.

"거래 완료. 역시 잭은 계산이 빨라서 마음에 듭니다. 내 앞에 있는 두 명의 얼굴은 머릿속에서 완전히 지우겠습니다."

─감사합니다.

"워싱턴이나 뉴욕에서 만나요."

최치우는 싱글벙글한 표정으로 전화를 끊었다.

기대하지 않았던 대어를 낚았기 때문이다.

과연 펜타곤과 어떤 프로젝트를 함께하게 될까.

경제적 효과는 물론이고, 신기술을 같이 체험하는 가치는 돈으로 환산할 수 없다.

"들었죠? 안전하게 귀가하면 됩니다. 고생했어요."

최치우는 요원 두 명에게 손을 흔들었다.

덕분에 펜타곤의 새로운 프로젝트에 참여하게 됐으니 미행을 해줘서 고마울 지경이었다.

이제 홀가분하게 카이오와 그랜드 파크로 들어가 대지의 정령을 찾아내면 된다.

종횡무진 세계를 누비는 최치우의 행보에는 거칠 것이 하나도 없어 보였다.

*   *   *

최치우의 행색은 탐험가와는 거리가 멀어 보였다.

한국에서는 흔하디흔한 등산복도 챙겨 입지 않았다.

청바지에 운동화, 간편한 바람막이가 전부다.

사실 그의 온몸이 무기인 셈이고, 단전에 자리 잡은 뜨거운 내공도 있기에 복장은 크게 의미가 없었다.

카이오와 그랜드 파크는 전문 탐험가들도 선뜻 주파하기 힘든 지역이다.

딱히 유명한 장소가 아니어서 인적도 드물다.

그렇기에 청바지 차림으로 험준한 자연을 가로지르는 최치우가 더욱 도드라져 보였다.

최치우는 공원 초입에서 두 명의 커플 탐험가를 만났다.

하지만 이미 그들과 한참 거리를 벌렸다.

그랜드 파크에 들어선 지 반나절가량이 지났고, 최치우의 속도는 보통 사람이 절대 따라잡을 수 없다.

게다가 최치우가 이동한 루트 또한 일반적인 트래킹 코스와 달랐다.

그는 어느새 문제의 장소에 다다랐다.

평범한 여행객이 며칠은 고생해야 겨우 도착할 수 있는 위치다.

최치우는 싱크홀이 연달아 발생해서 땅이 흉측하게 쩍쩍 갈라진 광경을 보고 있었다.

"이거 참……."

그가 쯧쯧거리며 혀를 찼다.

만약 이런 싱크홀이 도심에 발생했다면 큰 사고로 이어졌을 것이다.

그나마 사람들이 많이 찾지 않는 자연공원에서 발생해 다행이었다.

카이오와 그랜드 파크는 비인기 지역이라 언론도, 정부도 크게 관심이 없었다.

싱크홀이 다수 발생하자 몇 번쯤 내셔널 지오그래픽에서 취재를 한 게 전부였다.

덕분에 최치우도 정보를 입수했지만, 활발한 후속 보도 따위는 전혀 없었다.

"인기척도 느껴지지 않는군."

최치우는 내공을 끌어 올려 감각을 예민하게 활성화했다.

하지만 괜한 일이었다.

반경 몇백 미터 안에서 사람의 그림자도 찾지 못할 것 같았다.

이만하면 남의 시선을 신경 쓰지 않고 편하게 활개 쳐도 된다.

문제는 하늘이다.

스윽—

최치우는 고개를 들어 쨍하게 맑은 하늘을 올려다봤다.

미국이 보유한 인공위성망을 이용하면 최치우가 정령과 싸우는 현장을 포착할 수도 있을 것 같았다.

사실 다른 때 같으면 염려하지 않았을 것이다.

인공위성이라고 해서 지구 전체를 현미경처럼 감시하는 만능은 아니다.

최치우의 목적지를 모르는 상태에선 백악관이 직접 나서도 인공위성 좌표를 맞출 수 없다.

그러나 오늘은 달랐다.

잭 앤더슨은 미행을 붙인 덕분에 최치우의 목적지가 카이오와라는 사실을 알고 있다.

만약 펜타곤의 위성이 카이오와 그랜드 파크를 감시 지역으로 촬영하고 있다면.

그럼 최치우가 마음 놓고 능력을 발휘하기 꺼려질 수밖에 없다.

"아직 시간적 여유는 있는 편인데……."

최치우는 차분하게 머리를 굴렸다.

어렵고 복잡한 문제일수록 단순하게 생각할 필요가 있다.

잭 앤더슨은 펜타곤 상부의 지시를 받지 않았다.

여러 정황으로 봐서 그가 독단적으로 미행을 지시한 게 분명했다.

그렇다면 인공위성 좌표를 마음대로 움직이진 못했을 것이다.

중동의 국경 지대나 독도 같은 분쟁 지역은 인공위성의 상시

촬영 지역이다.

하지만 아무도 관심이 없는 카이오와 그랜드 파크에 값비싼 인공위성 시스템을 낭비할 가능성은 극히 낮다.

"지형지물을 잘 이용해야겠군."

최치우가 판단을 내렸다.

펜타곤의 위성에 촬영을 당할 확률은 낮지만, 만에 하나를 위해 은폐 지형을 이용하면 될 것 같았다.

다행히 천혜의 자연이 어우러진 카이오와 그랜드 파크에는 기암괴석(奇巖怪石)이 널려 있었다.

시야를 가리는 커다란 바위 아래에서 정령을 불러내 싸우면 위성이 떠도 실체를 촬영할 수 없다.

생각을 마친 최치우가 몸을 움직였다.

싱크홀 가까이에서 정령의 기운을 느끼고, 적당한 위치에서 마법을 펼치려는 것이다.

사실 최치우의 인공위성 걱정은 기우에 지나지 않았다.

정령은 특유의 아우라를 뿜어낸다.

독도 인근에서 물의 정령왕 우라노스와 싸웠을 때도 마찬가지였다.

독도는 분쟁 지역으로 분류되기 때문에 미국의 위성이 24시간 촬영하는 장소다.

그럼에도 불구하고 우라노스의 아우라가 주위를 뒤덮어 위성을 쓸모없게 만들어 버렸다.

두 눈으로 현장에서 직접 보지 않는 한, 현대의 카메라로 정령의 모습을 담아낼 수는 없다.

만약 촬영이 가능했다면 UFO 목격담처럼 온갖 사진이 떠돌
아 다녔을 것이다.

타닷! 타다닥!

최치우는 다람쥐처럼 재빠른 몸놀림으로 험한 지형을 가로
질렀다.

곧이어 싱크홀이 연쇄적으로 나타난 곳에 접근한 그가 눈살
을 찌푸렸다.

위에서 내려다보는 것과 가까이에서 보는 것은 차원이 달랐
다.

흉하게 움푹 파인 검은 구멍은 모든 것을 집어삼킬 기세였
다.

싱크홀 주변에서는 불쾌한 냄새가 났다.

갑자기 땅이 쩍 갈라지는 데 빠져서 목숨을 잃은 동물들도
꽤 많은 것 같았다.

"이 정도면 장난이 아닌데."

캘리포니아 북부를 불태운 대형 산불도 장난이라고 넘길 수
준은 아니었다.

독도의 이상기후 역시 마찬가지다.

사람이 몇 명이나 죽었는지 모른다.

물론 카이오와 그랜드 파크에서는 사상자가 발생하진 않았
다.

그러나 무작위로 발생한 싱크홀 때문에 자연이 엄청나게 훼

손을 당했다.

싱크홀을 일으킨 대지의 정령이 도심으로 움직인다면 상상만 해도 끔찍한 사고가 터질 것이다.

"대체 어딜 봐서 이게 자연의 균형을 맞추는 건지 모르겠다."

최치우는 우라노스의 항변을 떠올렸다.

정령들의 장난, 또는 횡포가 자연의 균형을 맞춘다는 말을 여전히 받아들이기 힘들었다.

"이따위 균형이라면 안 맞는 게 낫지."

최치우는 혼잣말을 읊조리며 자기 키보다 몇 배는 큰 암석 밑으로 걸어갔다.

고인돌을 연상시키는 바위 밑에서 마법을 펼쳐 정령을 불러낼 작정이었다.

이만한 싱크홀을 연달아 일으켰다면 최소 중급 이상의 정령일 것이다.

이미 물의 정령왕을 소멸시켰지만, 그래도 방심은 금물이다.

대지의 정령은 약삭빠르고 교활한 것으로 악명이 높다.

최치우는 아슬란 대륙에서 정령술사가 대지의 정령을 다루는 걸 본 적이 있다.

그때의 경험을 되살리면 도움이 될 것 같았다.

'술수에 휘말리지 말고, 초장에 잡아야 해.'

마음을 먹는 최치우가 마나를 품었다.

이윽고 그의 입에서 6서클 빙결 마법, 프로즌이 캐스팅됐다.

"프로즌—!"

쩌적! 쩌저저적!

눈앞에 위치한 싱크홀 하나가 통째로 얼어붙었다.

8서클 블리자드의 축소판이지만, 프로즌의 위력은 매번 볼 때마다 놀라웠다.

뻥 뚫린 싱크홀의 검은 구멍이 새하얀 얼음으로 가득 찬 광경은 초현실적이었다.

마음껏 땅에 구멍을 내고 다닌 대지의 정령이 반응할 수밖에 없다.

'나와라……'

아니나 다를까.

최치우가 기대한 것처럼 대지의 정령이 참지 못하고 모습을 드러냈다.

영악한 대지의 정령은 그만큼 자존심도 강하다.

자신의 영역이 침범당하는 걸 잠시도 못 견디는 성향을 갖고 있다.

쿠그그긍—

싱크홀 아래에서 진동이 감지됐다.

최치우가 얼음으로 꽁꽁 덮어버린 바로 그 싱크홀이었다.

푸화악!

이변이 일어났다.

땅 밑에서 흙기둥이 솟구치며 얼음을 와장창 깨부쉈다.

6서클 마법인 프로즌의 얼음덩어리를 밀어낸 흙기둥은 최치우의 키만큼 자라났다.

싱크홀 아래에서부터 치솟은 180㎝ 높이의 흙기둥은 절대 자연스러운 현상이 아니다.

정령이 개입하지 않으면 도저히 일어날 수 없는 일이다.

츠팟!

최치우가 잠자코 서 있자 섬광이 번쩍였다.

동시에 흙기둥이 무너지고, 그 안에서 커다란 전갈 한 마리가 튀어나왔다.

황갈색 빛을 번쩍이는 전갈의 몸 길이는 건장한 성인 남성과 비슷했다.

저만한 크기의 전갈은 지구 어디에도 없다.

최치우는 주먹을 쥐며 흙기둥 속에서 등장한 전갈을 쳐다봤다.

'노하임이군.'

상급 대지의 정령 노하임이 카이오와 그랜드 파크에 싱크홀을 만든 주범이었다.

"그르르르르……."

노하임이 낮게 그르렁거리며 최치우를 위협했다.

상급 정령이기에 최상급이나 정령왕처럼 인격을 갖추지는 못했다.

하지만 선명한 적의(敵意)를 표출하고 있었다.

왜 자신의 영역에 침범해 얼음으로 싱크홀을 덮느냐는 항의다.

최치우는 노하임을 똑바로 쳐다보며 말했다.

"장난을 적당히 쳐야지. 싱크홀 한두 개면 몰라, 이렇게 수십 개를 만들면 정령의 짓이라고 생각할 수밖에 없잖아."

"그르르르—!"

최치우가 순순히 물러날 것처럼 보이지 않자 노하임의 울음 소리가 더 커졌다.

상급 정령들은 인격이 없지만 지능까지 낮은 것은 절대 아니다.

최치우는 노하임이 교활한 술수를 쓸 시간을 주고 싶지 않았다.

"프로즌!"

그는 다시금 6서클 빙결 마법을 펼쳤다.

차가운 마나가 모였고, 노하임이 딛고 선 땅이 새파랗게 얼어붙었다.

이게 끝이 아니다.

최치우는 얼어붙은 땅 위로 화염을 쏟아냈다.

"인페르노—!"

이제 6서클 마법을 연속해서 펼치는 건 어렵지 않았다.

지옥에서 잠시 빌려온 화염이 노하임의 몸통을 노리고 불꽃을 뿜어냈다.

파다다닥!

땅에서 벽이 올라와 불꽃을 막았다.

노하임은 흙과 땅을 자유자재로 이용했다.

단단한 대지의 방벽은 인페르노의 불꽃을 막아내고 아무런 타격을 받지 않았다.

혼히 불과 물을 상극이라 생각하지만, 화염의 진짜 천적은 흙이다.

압도적인 파괴력이 아니면 흙이나 바위를 태우는 건 불가능하기 때문이다.

'인페르노로는 잡을 수 없겠어. 헬파이어를 쓸 수 있다면 좋겠지만……'

최치우가 아쉬운 듯 입맛을 다셨다.

그는 현대에서 8서클의 벽을 넘지 못했다.

자연재해를 일으키는 8서클 마법을 쓸 수 있다면 상급 정령은 가볍게 소멸시킬 것이다.

그러나 이가 없으면 잇몸으로 대체해야 한다.

8서클 마법 없이도 정령왕을 잡아낸 최치우다.

아무리 까다로운 대지의 정령이라 해도 상급일 뿐, 최치우는 속전속결로 소멸시킬 자신이 있었다.

푸욱— 푸슈슉!

그때 노하임이 반격을 시작했다.

최치우의 땅 밑에서 흙기둥이 미친 듯이 솟구쳤다.

가만히 있으면 흙기둥에 삼켜 꽁꽁 갇힐 것 같았다.

타앗!

최치우는 발밑에서 진동이 느껴질 때마다 경공을 펼쳤다.

매우 짧은 시간이지만, 흙기둥이 올라오는 걸 한발 앞서 감지해 피했다.

그러자 노하임도 패턴을 바꿨다.

싱크홀을 만든 것이다.

쿠콰콰쾅—!

최치우의 발밑이 좌우로 갈라지며 뻥 뚫렸다.

흙기둥은 요리조리 잘 피했지만 싱크홀은 훨씬 범위가 넓다.

노하임이 만든 싱크홀에 빠지면 그걸로 끝이다.

일단 한번 붙잡히면 빠져나가기 힘든 함정을 만드는 게 대지의 정령이다.

방심했다간 캄캄한 흙구덩이 아래에서 질식할 수도 있다.

"어림없다!"

최치우는 공중으로 높이 떠올라 사자후를 터뜨렸다.

방금 전까지 그가 서 있던 자리는 싱크홀이 됐다.

노하임은 최치우를 올려다보며 또 다른 싱크홀을 만들었다.

공중에서 땅으로 떨어져 착지할 공간마저 미리 없애려는 것이다.

슈우우욱—

하지만 최치우의 선택은 남달랐다.

그는 노하임이 서 있는 곳을 목표로 떨어져 내렸다.

에릭 한센의 무릎을 박살 냈던 천근추의 위력을 담아 황갈색 전갈 대가리를 노린 것이다.

쐐애액!

천근추의 힘이 실리자 추락, 아니, 낙하하는 속도가 어마어마하게 빨라졌다.

노하임도 설마 최치우가 자신을 노리고 공중에서 떨어질 줄
은 몰랐다.

잠깐 움찔한 노하임이 전갈 꼬리로 땅을 내려쳤다.

그 순간, 노하임의 좌우에서 땅이 일어나며 방패를 만들었
다.

흙과 바위로 만들어진 대지의 방패가 두 겹으로 쌓인 것이
다.

'기다렸다!'

최치우는 당황하지 않았다.

허공에서 낙하하는 자세 그대로 금강나한권의 최종 비기인
천보일권을 펼쳤다.

우우우웅―

파파파파팍!

백보신권보다 강력한 소림사의 절기가 대지의 방패를 박살
냈다.

강철도 찢어버리는 천보일권의 권기(拳氣)는 좌우에서 솟구
친 대지의 방패를 먼지로 되돌렸다.

한 치 앞도 알아보기 힘든 자욱한 먼지가 피어났고, 그 틈으
로 최치우의 신형이 내려꽂혔다.

콰드드득― 쿠웅!

최치우는 천근추의 힘을 고스란히 간직한 채 노하임의 머리
통을 밟았다.

천근의 무게가 실린 다리에 짓밟힌 노하임은 꿈틀거리지도

못하고 그대로 소멸됐다.

카이오와 그랜드 파크의 지축을 울리며 우뚝 선 최치우는 이마에 흐른 땀방울을 닦아냈다.

최치우는 여유로운 표정으로 허리를 숙여 황갈색 소울 스톤을 집었다.

상급 대지의 정령, 노하임의 소울 스톤이 미래 에너지 탐사대 연구실에 새로운 과제를 주게 된 것이다.

11장

드
러
나
는
마
각

에릭 한센은 뉴욕 시내에서 가장 비싼 병원에 입원했다.

세계 최고의 의료진이 VIP 환자들을 면밀하게 케어하기로 유명한 곳이다.

이 병원 특실에는 얼마 전까지 유은서가 입원해 있었다.

참 아이러니한 일이다.

에릭에게 납치를 당했던 유은서는 무사히 퇴원했고, 그녀에게 독약을 먹였던 에릭은 훨씬 오래 병원 신세를 지게 됐다.

양쪽 무릎이 박살 났기 때문에 최소 몇 달은 병상에서 벗어날 수 없다.

가까스로 퇴원을 해도 1년 이상의 재활 과정을 거쳐야 한다.

재활은 끝이 안 보이는 싸움이다.

빨리 회복할 수도 있지만, 경우에 따라서는 평생 절뚝거리며 불구로 살아야 할지 모른다.

그 막연한 불안감이 에릭 한센을 절망하게 만들었다.

냉정한 금융 천재도 불구의 공포 앞에서는 어쩔 수 없는 보통 인간이 됐다.

병상에 누운 그의 얼굴은 한껏 더 창백해 보였다.

오직 에릭 한 사람을 위해 고용된 간병인의 숫자만 10명이다.

초호화 병실과 세계적인 의료진, 물 마시는 것부터 화장실까지 모든 일을 도와주는 간병인들도 에릭에게 위로가 안 됐다.

"으으으……."

멍하게 누워 있던 에릭이 분을 참지 못하고 신음을 흘렸다.

진통제를 맞지 않으면 계속해서 올라오는 고통은 그의 정신을 파괴하고 있었다.

콰앙!

"으아아아ー!"

결국 에릭이 병상을 내려치며 짐승처럼 절규했다.

분노와 고통이 쌓이고 쌓여 이렇게 분출할 수밖에 없는 것이다.

난데없는 소리에 의사와 간호사가 뛰어왔지만, 이내 한숨을 내쉬었다.

이제 더 이상 낯선 광경이 아니었다.

에릭을 돌보는 간병인들은 표정 변화 없이 각자의 할 일을 했다.

에릭 한센의 난동이 익숙해진 탓이다.

드르르륵—

그때였다.

누군가 병실 문을 거칠게 열고 들어왔다.

에릭 한센은 출입이 제한된 특실에 입원해 있다.

그저 평범한 특실이 아니다.

최고의 대우와 보안 경호를 받는 VIP 전용 층을 통째로 빌렸다.

그렇기에 신분이 확인된 의사와 간호사, 간병인이 아니면 절대 병실로 들어올 수 없다.

하지만 어디에나 예외는 존재하는 법이다.

넉넉한 품의 트렌치코트를 입은 남자가 등장하자 모두 숨을 죽였다.

기계처럼 일만 하던 간병인들도, 거액의 진료비를 받는 의사도 고개를 숙였다.

돈 많기로 둘째가라면 서러운 에릭 한센 앞에서도 기가 죽지 않았던 이들이다.

그러나 중후한 분위기의 중년인 앞에서는 숨소리도 조심하는 눈치였다.

그 남자가 미국의 부통령, 마이크 페인스이기 때문이다.

부통령은 세계 최강의 강대국인 미합중국의 공식적인 서열 2위다.

혹자는 부통령 자리가 실권 없는 허수아비라고 비판해도 대통령 유고 시 승계권을 보유하고 있다.

미국 대통령에게 문제가 생기면 부통령이 세계 최강대국을 통치하게 되는 것이다.

뿐만 아니라 부통령은 미국 상원의 의장이며 국가안전보장회의(National Security Council) 구성원이다.

이름값 하나로 미국과 세계의 주요 정책을 결정하는 위치다.

그런 사람이 등장했으니 다들 얼어붙는 게 당연했다.

이곳의 의료진들은 그동안 날고 기는 유명 인사와 거물들을 수도 없이 만나봤다.

하지만 미국 부통령처럼 막강한 위세를 자랑하는 인물은 처음이었다.

만약 부통령이 뭔가 심통이 나서 특수 VIP 병동 폐지 정책을 밀어붙이면 이곳도 문을 닫아야 한다.

그게 바로 재력(財力)과는 또 다른 차원의 힘인 권력(權力)의 무서움이다.

"잠깐 자리를."

마이크 페인스 부통령은 길게 이야기하지 않았다.

묵직하게 깔린 그의 음성이 울리자 다들 기다렸다는 듯 병실 밖으로 나갔다.

고작 말 한마디에 실린 권위가 남달랐다.

모두 나간 걸 확인한 마이크 페인스가 에릭 한센을 내려다봤다.

분을 참지 못하고 난동을 부리던 에릭은 조용히 누워 있었다.

마이크가 나타난 다음부터 마치 꿀 먹은 벙어리가 된 것 같았다.

"쯧쯧쯧."

곧이어 혀를 차는 소리가 들렸다.

마이크 페인스는 대놓고 에릭 한센을 한심하게 여기고 있었다.

월스트리트의 천재 금융인 에릭 한센을 노골적으로 멸시한 것이다.

금융계에 뻗친 한센 가문의 영향력을 생각하면 아무리 부통령이라 해도 쉽지 않은 일이다.

그러나 놀라운 일은 끊이지 않고 벌어졌다.

"멍청한 놈."

"죄송… 합니다."

마이크 부통령은 에릭을 강하게 질책했다.

자존심 강하기로 유명한 에릭 한센은 멍청하다는 소리를 듣고 눈을 질끈 감았다.

하지만 반발하는 대신 죄송하다고 잘못을 인정했다.

두 사람 사이에 완벽한 상하 관계가 성립돼 있는 것이다.

절대 일반적인 현상은 아니었다.

미국 부통령의 권세가 막강한 것은 사실이지만, 금융은 또 다른 영역이다.

이처럼 수직적인 관계가 자리 잡은 것은 무척 이례적이었다.

"최치우가 널 이렇게 만들었다고?"

"그렇습니다."

"어떻게?"

"사무실로 찾아와서……."

"그놈이 사무실에서 네 무릎을 부수는 동안 밖에 있는 비서와 경호원들은 대체 뭐 하고 있었나?"

"소리를… 듣지 못한 것 같습니다."

"멍청한! 그 우스꽝스러운 철문, 내가 치워 버리라고 몇 번이나 말했지?"

마이크 부통령이 노기(怒氣)를 쏟아냈다.

그는 한센 빌딩 꼭대기에 위치한 에릭의 사무실을 잘 알고 있었다.

철문을 닫으면 소리가 새어 나가지 않는다는 것도 인지했다.

그래서 경호원들이 손을 쓰지 못했다는 걸 금방 파악한 것이다.

에릭은 병상에 누운 채 몸을 부들부들 떨었다.

무서운 선생님에게 혼나는 병약한 학생처럼 보였다.

금융으로 전 세계를 농락하며 기업을 약탈하는 천재의 모습은 온데간데없었다.

"피지컬이 남다르다는 것은 알고 있었지만, 무릎을 이렇게 박살 낼 정도라니. 어디서 갑자기 그런 놈이 튀어나온 것인지… 쯧쯧."

마이크 부통령은 에릭의 무릎을 촬영한 사진을 보며 다시 혀를 찼다.

무릎뼈는 인체에서도 가장 단단한 부위 중 하나다.

내부 인대가 끊어지는 경우는 흔하지만, 뼈가 박살 나는 건
드문 일이다.

작정하고 망치로 내려치지 않는 이상 보통 사람은 남의 무릎
뼈를 부수기 어렵다.

"그놈이 발로 네 무릎을 밟았을 뿐이라고 했나?"

"다른 도구는 쓰지 않았습니다."

"사람이 발로 밟아서 무릎뼈를 산산조각 내는 게 가능하다
는 걸 믿기 힘들다. 네놈의 기억이 잘못된 건 아니고?"

"밟히는 순간, 트럭에 깔린 것 같은 기분이 들었습니다."

"체중도 얼마 안 나가는 놈일 텐데……."

마이크 부통령이 인상을 썼다.

곧이어 그가 다른 질문을 던졌다.

에릭 한센의 부상보다 훨씬 중요한 목적이었다.

"그래서 거슬리는 보고서를 쓴 UN의 직원도 풀려났고, 보고
서 원본도 회수하지 못했고?"

"면목이 없습니다."

만약 에릭의 몸이 멀쩡했다면 병상에 누워 있지 않고 바닥
에 납작 엎드렸을 것 같았다.

쿵!

마이크 부통령이 단단한 주먹으로 병상을 내려쳤다.

중환자의 안정을 방해하는 행위지만, 그는 에릭의 상태를 신

경 쓰지 않았다.

"원본을 회수하고, 그 여자는 죽여 버리라는 게 어려운 명령인가?"

"아닙니다……."

"그런 간단한 명령도 수행하지 못하면서 어떻게 큰일에 함께하겠나, 에릭 한센!"

마이크 부통령의 진중한 분노가 에릭의 새하얀 살갗을 파고들었다.

유은서의 납치를 지시한 장본인이 다름 아닌 마이크 페인스 미국 부통령이었다.

그야말로 경천동지(驚天動地)할 비밀이다.

미합중국 부통령이 네오메이슨 소속, 그것도 에릭 한센을 하수인처럼 부리는 고위 관계자라는 사실이 알려지면 지구가 뒤집힐 것이다.

최치우도 전혀 예상하지 못한 시나리오였다.

독일 정부를 비롯해 UN에도 네오메이슨이 있으니 당연히 미국 정부에도 뿌리를 내렸을 것이다.

그러나 부통령은 급이 다른 자리다.

설마 그만한 지위에 오른 인물이 네오메이슨이라고 생각하긴 힘들었다.

네오메이슨은 돈으로 세상을 지배하는 세력이다.

돈을 많이 벌어서 거물이 되는 것과 정치로 거물이 되는 것은 다른 길이다.

연관성이 없지 않지만, 야구와 축구처럼 명백히 다른 게임인 것이다.

그런데 네오메이슨이 경제와 금융에 이어 미국 부통령을 배출하며 정계까지 장악했다면 문제는 더욱 심각해진다.

최치우는 상상 이상으로 거대하고 비밀스러운 제국에 전쟁을 선포한 셈이다.

"그 여자가 최치우와 각별한 사이라는 것을 알게 되었고, 예기치 못하게 엄청난 미끼를 얻었다고 생각했습니다. 모두 더 좋은 결과를 위해 한 일입니다."

"더 좋은 결과? 그래, 우리는 오직 결과로 말한다. 과정이나 동기 따위는 하나도 중요하지 않지. 그래서 네가 얻은 결과가 고작 이건가? 최치우에게 모욕을 당하고, 그 여자의 보고서는 놈의 손으로 넘어갔고, 우린 꼬리를 밟혔고, 넌 병신이 되기 일보 직전이고!"

병신이라는 말에 에릭이 눈썹을 꿈틀거렸다.

그는 마이크 부통령 앞에서 찍소리도 못하는 처지다.

그렇지만 에릭은 아직 자신의 부상을 온전히 받아들이지 않았다.

마이크 부통령은 에릭의 변화를 감지했다.

"왜? 병신이 될 거라고 하니 기분이 나쁜가?"

"꼭… 두 다리로 우뚝 서 그놈에게 되돌려 줄 겁니다."

"최치우에게 복수를? 네가? 매번 당하기만 하면서 무슨 수로!"

"방법이 있습니다. 제 모든 것을, 아니, 한센 가문의 전부를 걸고 최치우와 올림푸스를 몰락시키겠습니다."

에릭의 각오가 남달라 보였다.

최치우에게 큰코다치고, 이제는 다리까지 쓰지 못할 지경이 됐다.

더는 추락할 구석도 남지 않은 것 같았다.

마이크 부통령은 에릭의 비장한 각오를 주목했다.

병실에 들어서 줄기 차게 채찍을 휘두른 그가 처음으로 당근을 내밀었다.

"잘 들어라, 에릭. 우리의 기술로 너에게 예전보다 더 튼튼한 다리를 줄 수 있다."

"네?"

"아직 실험 단계지만, 로보티컬 칩을 이식하면 네 다리로 2m 넘게 점프를 하는 것도 가능해진다. 귀찮은 재활 과정 따위 겪지 않고도."

"그럼 제게 칩을 이식해 주십시오."

"그에 따른 부작용은 모두 너의 몫이다."

"감당하겠습니다."

에릭의 눈에서 불꽃이 타오르고 있었다.

기약 없는 재활을 벗어나 확실하게 다시 일어설 수 있는 길이 열렸기 때문이다.

마이크 부통령은 속으로 웃음을 삼키며 말을 계속했다.

"이것이 마지막 기회다. 그 보고서 덕택에 올림푸스는 우리의 그림자를 알아내고, 독일에서 미국으로 회수한 자금을 동결할 것이다."

"그것만은……."

"내가 정부의 힘을 동원해 최대한 막아봐야지. 하지만 보고
서가 존재하는 한 영원히 막을 수는 없다. 길어야 고작 1년이
다. 그 안에 한센 가문의 저력으로 최치우를 쓰러뜨려라."

"알겠습니다. 반드시 놈을 시궁창에 밀어 넣겠습니다."

"만약 실패한다면."

마이크 부통령은 뒷말을 붙이지 않았다.

에릭 한센도 무슨 말이 나올지 알고 있었다.

이번에도 실패하면 한센 가문은 모든 것을 잃고, 네오메이슨
에게 버림을 받을 것이다.

가문의 자산은 네오메이슨의 다른 사람들에게 흡수될 것이
고, 에릭의 직계 가족은 영문도 모른 채 살해당할 게 분명하다.

이것이 네오메이슨의 힘을 빌려 성장한 가문의 숙명이다.

마이크 부통령과 돌이킬 수 없는 악마의 계약을 맺은 에릭
은 피가 나도록 입술을 깨물었다.

이제 한 걸음도 물러날 곳이 없다.

로보티컬 칩을 달고 일어설 에릭은 최치우와 마지막 결전을
준비할 것이다.

네오메이슨도, 에릭 한센도 최치우라는 슈퍼스타의 등장으
로 점점 다급해지고 있었다.

*　　　　*　　　　*

최치우는 한국으로 돌아왔다.

콜로라도에서 얻은 상급 대지의 정령, 노하임의 소울 스톤도 그와 함께 한국행 비행기에 탔다.

뉴욕에서 출발해 인천으로 날아가는 올림푸스 전용기에 탑승한 것은 최치우와 소울 스톤뿐만이 아니었다.

산신령 허철후와 그 제자가 된 박우식, 그리고 유은서도 올림푸스 전용기의 손님이 됐다.

전용기에 처음 탄 박우식은 감탄을 금치 못하며 헤벌쭉했다.

평생 전용기에 한 번도 못 타보는 사람이 훨씬 더 많다.

박우식은 최치우 덕분에 뉴욕도 와보고, 허철후라는 스승도 만나게 됐다.

하필 최치우가 7서클 마법 그래비티를 연습하던 순간, 한강대교에서 뛰어내린 게 그의 인생을 180도 바꿔놓았다.

이래서 운칠기삼(運七技三)이라는 말이 있는 것 같았다.

박우식은 한강대교에서 최치우를 만나며 7개의 운을 모두 썼는지 모른다.

이제 부족한 3을 스스로의 노력으로 채우는 일만 남았다.

"그렇게 신기해? 앞으로 자주 탈 수 있으니까 가만히 좀 있어."

"앗, 대표님. 죄송합니다. 얌전히 있겠습니다!"

최치우가 농담으로 핀잔을 줬다.

하지만 박우식은 군기가 바짝 들어 있었다.

전용기 구석구석 더 구경하고 싶은 마음을 억누르고 자기 자리에 앉았다.

그 모습을 본 허철후가 너털웃음을 터뜨렸다.

"허허허, 고 녀석 최 대표 말이라면 꼼짝을 못하네."

"어르신 말씀도 잘 들을 겁니다. 쓸 만한 재목으로 키워주세요."

"아무렴, 여부가 있겠나. 내 책임지고 우리나라 제일의, 아니, 세계에서 으뜸가는 한의사로 만들어놓음세."

다른 사람도 아닌 산신령 허철후의 약속이다.

허철후는 약초를 다루는 데 있어 타의 추종을 불허하는 전설적인 인물이다.

그의 제자가 되면 평범한 한의사들은 모두 발아래에 둘 수 있다.

올림푸스에서 인턴으로 근무하며 수능 공부를 하는 박우식은 기연에 기연을 겹쳐 만난 셈이다.

최치우를 만난 게 인생 최대의 기연이라면, 뉴욕으로 같이 와서 허철후의 제자가 된 것은 두 번째 기연이다.

보통 사람은 한 번도 겪기 힘든 기연을 연거푸 얻었으니 최치우 말이라면 깜빡 죽는 게 당연했다.

"어때? 좀 괜찮아?"

박우식을 진정시킨 최치우가 고개를 돌렸다.

그의 옆자리에는 유은서가 앉아 은은한 미소를 짓고 있었다.

"괜찮아. 덕분에 이렇게 편하게 한국으로 갈 수 있어서 고마워."

"아직 장거리 비행은 무리 아닐까 걱정이 된다."

"자리가 너무 넓어서 비행기를 탔는지도 모르겠는걸. 정말 편해."

유은서는 UN에 제법 긴 휴가를 신청했다.

특수한 상황에 처했기에 UN에서도 휴가를 수락해 줄 수밖에 없었다.

원래는 뉴욕에 계속 머무를 예정이었지만, 납치로 인한 트라우마를 말끔히 씻어내기 위해 잠깐 한국행을 선택했다.

한편 국제금융감시위원회의 총괄 간사 캐서린 아다만스는 해고를 당했다.

구체적인 물증은 나오지 않았지만, 펜타곤이 정치력을 발휘했다.

최치우는 캐서린이 네오메이슨이라고 확신했다.

캐서린 말고도 더 많은 네오메이슨이 UN에 암약하고 있을 것이다.

이제부터 그들을 차근차근 잘라내는 싸움을 시작해야 한다.

유은서는 한국에서 건강을 추스르며 최치우를 도울 예정이었다.

우선 직접 만든 보고서 자료를 분석하는 게 가장 중요한 역할이다.

이후 다시 UN으로 돌아가면 내부의 의심스러운 사람들을 색출하는 역할도 맡게 될 것이다.

본의 아니게 납치 사건에 휘말린 유은서는 최치우의 파트너로 부상했다.

최치우는 복잡한 마음으로 유은서를 바라봤다.

'독일에서 시작된 네오메이슨의 자금 흐름을 파악하는 데 은서의 도움이 필요하지만…….'

혹시 유은서가 또 다른 위험에 빠지지 않을까 걱정이 될 수밖에 없다.

두 사람은 뉴욕의 병실에서 여전한 마음을 확인했다.

단지 지나간 대학생 시절의 추억이 아닌, 나이가 들며 더 깊어진 마음이다.

그렇기에 네오메이슨과의 전쟁에 유은서를 끌어들이고 싶지 않았다.

하지만 이마저도 지나치게 이기적인 생각일 수 있다.

'그래, 은서 스스로 나서서 만들어낸 보고서니까. 내가 걱정된다는 이유로 은서의 꿈과 열정을 막을 순 없어. 걱정할 시간에 은서가 위험해지지 않도록 옆에서 지켜주면 된다.'

최치우는 복잡한 생각을 정리했다.

마음을 편하게 먹으니 표정이 저절로 부드러워졌다.

뭔가 달라진 것을 느꼈을까.

옆자리에 앉은 유은서가 최치우의 팔짱을 끼고 어깨에 고개를 기대었다.

"이러고 있어도 되지?"

"당연하지. 떨어지지 마."

최치우는 피식 웃으며 그녀의 체온을 느꼈다.

허철후와 박우식, 그리고 전용기의 승무원들은 눈치껏 두 사람을 방해하지 않았다.

미국에서 새로운 소울 스톤을 포함한 목표를 달성하고 한국으로 돌아오는 길.

최치우는 소중한 사람을 되찾았다.

어렵게 연결된 인연의 끈을 다시 놓치는 일은 없을 것이다.

$$* \qquad * \qquad *$$

지이잉— 철커덕!

부자연스러운 기계음이 울렸다.

가만히 듣고 있으면 거슬리는 소리다.

하지만 에릭 한센은 환한 표정을 짓고 있었다.

세상을 다 잃었다 다시 가진 기분이 이러할까.

무릎뼈가 박살 난 그는 두 다리를 쓰지 못할 위기에 처했었다.

어려운 재활 과정을 거친다고 해도 평생 불구로 살 가능성이 높았다.

그런데 마이크 페인스 미국 부통령이 동아줄을 내려줬다.

네오메이슨에서 개발한 최신형 로보티컬 칩을 이식해 준 것이다.

대신 마이크 부통령이 원한 요구 조건은 하나였다.

한센 가문의 전부를 걸고 최치우를 쓰러뜨려야 한다.

마지막 기회를 놓치면 에릭과 그의 가문은 처절하게 버림받을 것이다.

"최치우—!"

에릭은 두 다리로 우뚝 섰다.

비록 무릎에서는 기계음이 웅웅거리지만, 하나도 중요하지 않았다.

소음 장치를 달면 기계음도 줄어들 것이다.

짝짝짝짝짝!

그때 누군가 박수를 치며 에릭에게 다가왔다.

에릭은 그를 보고 미소를 지었다.

냉혈한 에릭 한센이 활짝 웃는 경우는 흔치 않다.

그러나 상대가 로보티컬 칩을 이식해 준 박사라면 웃지 않을 도리가 없다.

두 번째 인생을 선물해 준 은인이기 때문이다.

"론 폴 박사, 이거 정말 대단합니다."

"핫핫핫! 테스트 단계였는데 다른 분도 아니고 한센 가문의 주인에게 도움이 될 수 있어 기쁩니다."

콧수염을 도드라지게 기른 론 폴 박사의 눈빛은 사뭇 음흉해 보였다.

하지만 다시 걷게 됐다는 기쁨에 빠진 에릭은 론 폴의 눈을 쳐다보지 않았다.

그저 자신의 무릎과 다리만 내려다보고 있을 뿐이었다.

"로보티컬 칩에는 몇 가지 기능이 더 있습니다."

"기능?"

에릭이 흥미를 보였다.

론은 고개를 끄덕이며 한 손으로 자신의 콧수염을 매만졌다.

"우선 근력. 보통 성인 남성의 근력이 1이라면, 로보티컬 칩은 10의 근력을 발휘하게 만들어줍니다."

"10배나 말입니까?"

"테스트를 해보죠."

삑—

론 폴 박사가 주머니에서 작은 리모트 키를 꺼내 버튼을 눌렀다.

치지직!

그러자 에릭의 무릎에서 불꽃이 튀는 소리가 났다.

"어디 보자… 마땅히 시험할 게 없으니 제자리에서 점프를 해보세요."

에릭은 방금 전까지 병상에 누워 있던 사람이다.

멀쩡히 걷게 된 것도 놀라운데 론은 점프를 권유했다.

잠깐 망설이던 에릭이 이를 악물고 자리에서 뛰었다.

부웅—!

거짓말 같았다.

에릭의 몸이 2m, 아니, 3m 가까이 솟아오른 것이다.

쿵!

공중에 높이 떠올랐다 착지한 에릭 한센은 어안이 벙벙한 것 같았다.

그럴 수밖에 없었다.

심지어 전력을 다해 점프한 것도 아니기 때문이다.

"핫핫핫핫! 이제 좀 실감이 되지요?"

"이거 정말……."

"알고 있습니다. 어마어마하다는 것을. 하지만 여기서 놀라면 섭섭합니다."

에릭의 넋 나간 얼굴을 본 론 폴 박사는 한껏 고무됐다.

그는 기세등등하게 다른 기능을 소개했다.

"아시아에는 이런 말이 있다고 합니다. 살을 주고 뼈를 취한다."

"그 말이라면 들어본 적 있지요."

"최후의 순간, 반드시 죽이고 싶은 적이 있다면 두 다리를 포기할 수 있습니까?"

론의 질문을 받은 에릭이 눈을 빛냈다.

그의 눈동자에는 짙은 살기가 어른거리고 있었다.

최치우에게 일생일대의 고통과 굴욕을 맛봤기에 이판사판 가릴 게 없었다.

"론 폴 박사, 나는 뭐든 할 수 있는 준비가 됐습니다."

"핫핫, 그거 좋군요. 이 버튼을 누르면 로보티컬 칩이 폭발하며 전방 3m, 혹은 그 이상이 초토화될 겁니다."

"자살 폭탄이란 말입니까?"

"자살은 아니지요. 두 다리가 날아갈 뿐, 물론 죽는 것과 비슷한 통증을 느끼겠지만. 대신 전방에 있는 사람은 누구든 죽여 버릴 수 있습니다. 만족스럽지 않으십니까?"

"만족스럽지요. 만족스럽고말고요."

에릭 한센과 론 폴이 서로를 바라보며 차가운 미소를 지었다.

'이거면… 괴물 같은 최치우, 그놈도 죽일 수 있다.'

에릭은 최후의 무기를 쓸 일이 없기를 바랐다.

그러나 지난번처럼 최치우와 가까이 서 있는 순간이 오면 주저하지 않고 로보티컬 칩을 폭발시킬 것이다.

"그럼 이제 마무리를 하지요."

"론 폴 박사, 펜타곤이 감당할 수 없는 천재였다고 들었는데 역시 명성대로 대단한 실력입니다."

"아닙니다, 핫핫핫. 로보티컬 칩이야 애들 장난입니다."

"듣기로는 1억, 아니, 10억의 인구를 몰살시킬 수 있는 걸 개발한다고⋯⋯."

에릭이 조심스레 운을 띄웠다.

그러자 론 폴 박사가 가면을 바꿔 쓴 것처럼 안색을 딱딱하게 굳혔다.

실없이 웃으며 에릭의 말에 맞장구를 쳐주던 모습은 완전히 사라졌다.

"칩을 이식했으니 저는 이만 가보겠습니다. 추가 업데이트는 우리 연구소의 다른 박사들이 실행할 겁니다."

론 폴 박사가 찬바람을 풀풀 풍기며 등을 돌렸다.

에릭 한센은 멀어지는 론 폴의 뒷모습을 쳐다보며 입술을 깨물었다.

'두고 보자. 최치우와 올림푸스만 추락시키고, 네오메이슨의 하이 서클로 들어갈 테니까. 그때는 네가 개발하는 모든 걸 나도 알게 되겠지.'

네오메이슨은 생각한 것보다 더 많은 비밀을 품은 조직이었다.

금융계의 거물로 세계를 좌우하는 에릭 한센 역시 모르는
게 있다.

어쨌거나 로보티컬 칩을 이식한 에릭은 본격적으로 복수를
준비할 태세였다.

                  *   *   *

최치우는 유은서의 보고서를 바탕으로 네오메이슨의 꼬리를
잡는 데 성공했다.

한국으로 함께 돌아온 유은서를 비롯해 임동혁, 백승수, 그
리고 국내 최고의 전문가들이 달라붙어 만들어낸 성과였다.

독일에서 매각된 자산을 최종적으로 흡수한 미국 기업과 연
구 단체 리스트가 나왔다.

그 리스트가 바로 네오메이슨이 노출한 꼬리이자 몸통의 일
부다.

최치우는 금융 거래 내역을 바탕으로 해당 기업과 연구 단체
에 적용할 수 있는 혐의까지 정리했다.

국제 금융 거래법 위반, 탈세, 자금 세탁 등 적용 가능한 혐
의가 무더기였다.

만약 미국 법원과 정부가 혐의를 사실로 인정하면 리스트의
기업들은 큰 타격을 입게 된다.

즉 네오메이슨의 자금 창구가 꽁꽁 얼어붙을 수 있다는 뜻
이다.

최치우는 UN을 통해 네오메이슨 리스트를 터뜨릴 생각이었다.

물론 UN 내부에서 반발하는 사람들이 나올 것이다.

격하게 반발하는 이들은 분명 네오메이슨 소속일 확률이 높다.

UN의 권위를 빌려 문제를 공론화하고, 덤으로 UN 내부의 네오메이슨까지 색출할 수 있다.

판단을 내린 그는 누구보다 빨리 움직였다.

"UN 사무총장을 만나야겠어."

최치우의 입에서 나온 말은 임동혁을 놀라게 만들었다.

웬만한 재벌 오너들, 거물 정치인과 끈이 있는 임동혁이지만 UN 사무총장은 레벨이 다르다.

그러나 머지않아 최치우는 UN 사무총장과 마주 앉아 대화를 나누고 있을 것이다.

자기 입 밖으로 내뱉은 말은 반드시 실현하는 사람이기 때문이다.

에릭 한센이 복수를 준비하는 만큼, 아니, 그 이상으로 최치우도 네오메이슨에게 치명타를 가할 준비를 하고 있었다.

『7번째 환생』 10권에 계속…